# 白云朵，开满窗

丁立梅 著

北方联合出版传媒(集团)股份有限公司
万卷出版有限责任公司

**图书在版编目（CIP）数据**

白云朵，开满窗 / 丁立梅著. -- 沈阳 : 万卷出版
有限责任公司，2024. 12. -- ISBN 978-7-5470-6626-3

Ⅰ. I267

中国国家版本馆CIP数据核字第2024K6E855号

出 品 人：王维良
出版发行：北方联合出版传媒（集团）股份有限公司
　　　　　万卷出版有限责任公司
　　　　　（地址：沈阳市和平区十一纬路29号　邮编：110003）
印 刷 者：辽宁新华印务有限公司
经 销 者：全国新华书店
幅面尺寸：145mm×210mm
字　　数：240千字
印　　张：9
出版时间：2024年12月第1版
印刷时间：2024年12月第1次印刷
责任编辑：胡　利
责任校对：张　莹
封面设计：仙　境
封面插图：任任云
版式设计：李英辉
ISBN 978-7-5470-6626-3
定　　价：38.00元
联系电话：024-23284090
传　　真：024-23284448

# 目录

## 第一辑　喓喓草虫

## 第二辑　白云朵，开满窗

## 第三辑　麦地旁的小狗

# 第四辑　山居笔记

## 第五辑　我看到了最美的星空

# 第一辑
# 哩哩草虫

　　我很羡慕了，真想参与进去，做它们中的一分子，尽情地放开喉咙乱唱一气。……顺应天性的，便都是合理的、美的，这是山里的虫子们告诉我的。

# 开花是大事

在春天，什么是最大的事？如果你拿这个问题去问梅树，问结香，问桃树，问海棠……它们一定会响亮亮地回答你，自然是开花呀。

可不是吗，冬寒无比凛冽的时候，它们已在酝酿着开花的情绪，一粒一粒，于萧条与寂寥中，点燃希望的小火苗——那些微不可察的小花苞。有的动作麻利，有的动作迟缓，有的灵巧，有的笨拙，可没有一个是懈怠的。它们以各自的节奏，一刻不停，发自己的愿，结自己的缘。

梅树天生的心思玲珑。秋天的风扫去它一身的绿衣裳，它貌似一无所有了，却并不恼恨，也不沮丧，而是从从容容地，着手盘算着开花的事。它胸有成竹着，笃定自己一定会在阴郁和寒冷里，开辟出一条光明与明媚的道路来，一定会让沉睡的大地大吃一惊。

一年一度，它未曾失过手。

我记得那天很冷，刚刚下过一场薄雪，我把自己裹得严严实实，和那人外出散步。走着走着，他突然在路旁停下来，惊喜地叫："哎，你快来看，梅花已打花苞苞了。"我平静的心湖立即起了波澜，赶忙凑过去察看，果真的，它裸露的枝条上，已爬满小小的花骨朵，鼓鼓囊囊，每一粒里面，都装着一把好颜色。

多好，梅花快开了！我们相互看看，笑着说。"忽然一夜清香发，散作乾坤万里春"，这样锦绣的场景，好像就到了眼前。余下的散步，因梅花我们多说了好些话，说得身子暖和和的，对这世界又多爱了几分。

结香是笨拙的。秋天，掉光叶的结香，看上去就是一堆烂麻绳。嗯，模样实在有些丑。然它并不因此气馁，它知道自己不够聪明和灵巧，没关系啊，那就笨鸟先飞吧。于是，从秋末起，它就开始缝制"香囊"，一点儿一点儿往里面装香料，一丝不苟。这个过程是缓慢的、孤独的，是被所有的目光遗忘的，甚至连小鸟也很少停歇在它的身边欢歌——有什么可值得欢歌的呢？它那么丑，那么无趣和单调。

可是，一俟早春的哨子吹响，它立即跃身而起，一一打开它那赤裸的枝条上挂着的"小香囊"，香味和颜色随即喷涌而出。犹如解冻的冰川，汩汩奔流，大有一泻千里之势。你打老远，就能被它一头一身的金碧辉煌所惊到。金黄的香气随风而至，越走近，香味越浓烈，有种不把你淹死誓不罢休的意思。我们常说，不鸣则已，一鸣惊人。用在结香身上，真是再恰当不过。又大智若愚，它懂得，一朝绽放，其背后必得有无数个孤寂的隐忍和积蓄。

桃树是聪慧的、淘气的，善藏机心。一月的天寒地冻里，我从一条河边经过，特地去看了那里的一棵桃树。它光秃的枝上，疙疙瘩瘩的，潦草而散漫，一副得过且过、虚度光阴的样子。可我知道，那些看似随意且不起眼的"小疙瘩"，都是它在酝酿着的花苞苞。我讥笑它，小样儿，你以为我不知道你在偷偷用功吗？我为拥有它的这个秘密而窃喜。当三月的煦风稍稍吹了吹，它不出我所料地，扛着满树红粉潋滟的花，独占了春的一座山头。人都为它的风采而倾倒，觉得它是一夜暴富，只有我独自微笑起来，我知道，每一朵花的盛开，都离不开长久的蛰伏和默默的努力。

海棠的天分极高，尤其是垂丝海棠。站在它身边，我总忍不住如此联想，如果它去读书，当属于一目十行、过目不忘一类的吧。乍暖还寒之际，你根本没见它有多认真，然在那枝枝条条上，已镶满绯红的花骨朵了。如同一群一群的小蝌蚪，挤着拥着，吵着嚷着，要大闹春天了。

大地上的春天，就这么，花团锦簇、光彩耀人地走来了。

# 春山多胜事

　　唐人于良史留诗不多，仅存七首，广为流传的是他的"掬水月在手，弄花香满衣"之句，出自他的《春山夜月》。他生平简洁，短短一行字就概括了：

　　唐代诗人，肃宗至德年间，曾任侍御史；代宗大历年间，任监察御史；德宗贞元年间，徐州、泗州节度使张建封辟为从事。

　　此外，再无一字半句可供人消遣的。他的人生，恰如那春山之月，干净至极。

　　他说，春山多胜事。

　　我在那"胜事"上打转、盘桓，眼前渐渐地春水上涨、草长莺飞起来。春到山间，该有多少盛大的事件齐聚于此轰轰烈烈着？于先生但笑不语，一径往山里去，宽袖大袍，衣袂飘飘，恍若谪仙人。我不由得想拔脚跟进去，我绝对不会弄出任何声响，扰了于先生的雅兴，我只悄悄跟着，跟着。

　　满山谷的绿率先来迎。

怎么形容那些绿才好呢？它们如奔腾的溪流，如澎湃的海浪，如碧碧的深潭，如幽幽的古井，天地好像装进一个绿色的大染缸里了。你的睫毛忍不住打战，哦，睫毛蘸上绿了呀。继而眼睛。继而心灵。淡绿、嫩绿、黄绿、豆绿、玉绿、石绿、翠绿、葱绿、芽绿……不一而足——春天，是携着万顷的绿入山的。

无数的花朵摇曳绽放，白的、红的、黄的、紫的、蓝的……也是多得数不清的。如同绿潭里游着彩色的鱼，肆意，洒脱，轻灵。树开花，小草也开花，它们有的开在高处，有的开在低处，热烘烘的，把春山装扮得很春山。你目不暇接。你心慌意乱。看了这朵看那朵，不想辜负任何一朵花，然这简直是痴人说梦，哪里做得到！

滴滴流转的气息，新嫩醉人。这种气息只春山独有，嫩滑，甜润，裹着浓烈的香。一冬的蜷缩眠卧，山早就饿得脱了形，春一进来，它立马张开嘴，大口大口吞咽，把些柔嫩的、茸茸的、喷香的、清甜的尽数吞进去，再反刍出来，就是一等一的春酿了，醇厚、香冽、缠绵。满山都泡在这样的"春酿"里，纵使你酒量再大，也难抵这劈头盖脸的狂灌。你醉了，那是必须的，也是必然的。

耳朵也不得闲啊，那么多的鸟雀之音，一口一个粉绿，一口一个鹅黄，这边唤了那边应，山谷里弹唱着绝唱。

你不由自主地陷入颜色、气息和声音的陷阱里了，情绪里生出无数只蝴蝶来，扑着翅膀，在花朵上停停，在草尖上停停，在树杪间停停，在山石上停停，在溪涧边停停。世间一切，皆成虚无，只有这春山，是实实在在的，可慰平生。你的心突然被放空了，什么也不想了，就让脑袋生锈吧，像一块山石一般，和这春山融为一体，万古长存地寂静下去。

时间，悄然过去，太阳已从山的这头，走到那头去了。于先生还沉浸在春山之美之中并不知觉，等他反应过来，一轮明月已是当空照。他适才吃了一惊，哎呀，我这是"赏玩夜忘归"呀。他凝视着天上那轮明月，笑了，那咱索性就缓缓归吧，再赏赏这春山月。

春山的月色，美如琼浆，也是惹人醉的。更惹人醉的是，掉在溪水里的那枚月亮。它简直就是故意的，在明澈的溪水里，笑吟吟的，笑得百媚生。它比天上的月亮看上去更明艳，像极了一张美人的脸。于先生突然起了玩乐之心，要去捞捞这水中的月亮。于是，他拨开花丛，跃下岩石，一步一步下到溪水边。当他的双手掬起一捧水的时候，月亮也就在他的掌心里晃着了。恍惚中，灵魂出窍，直到山寺隐隐的钟声踩着月光而来，他才回过神来，顺着南来的钟声望过去，被月光浸染的山山峦峦，把亭台楼宇深深藏在里头。低头，衣袖上有花香扑鼻，是刚刚拨开花丛弄上去的吧？

这晚的春山月真是有幸，它被一个人很珍重地欣赏着。它照亮了这个人，这个人也使它变得更明亮，明亮成经典。

# 一半晨光，一半花影

春分日，我所在的小城，天是响晴的。

清晨六点，东边天就染上了婴儿红，那红越聚越多，越积越厚，像孵着一窝小鸡，你眼见着"小鸡"嫩黄的脑袋在里面一拱一拱的，拱破"蛋壳"——太阳出来了。天地洞开，橘色的光明长驱直入。

我翻开书，一边读一边等，我在等一声吆喝——"老酵馒头！老酵馒头！"声音短促，像谁的手不经意触动琴弦，嘭嘭两下。空谷回音。

从声音判断，这是个中年男人，该有着清瘦的一张脸，皮肤黝黑，眼睛不大，够亮，笑容浅淡。我应该在哪里见过他。是了，在我散步路过的一个十字街头的拐角处，常有一辆卖馒头的小拖车停在那里，在四五点的黄昏。一个男人守在车旁，笑微微地看着路人，不时发出一两声这样短促的吆喝声："老酵馒头！老酵馒头！"夕照的金粉，漫天而下。

小城喜欢吃老酵馒头的大有人在。人的味蕾是念旧的，小时吃的馒头都是老酵馒头，一家蒸馒头，相邻的几十家都能闻到香。人念着那份独特的香，男人的生意，便总能做下去。

这个时间段，这个声音会如期响起，由远及近，带着暄软的热腾腾的气息，寒暑不论，风雨无阻。它在我，如晨曲，每日必听。它响过后，我的小城，才真正开始它新的一天，人声车声渐次喧嚷，唰哧唰哧——清洁工季姐的大扫帚在楼前扫地的声音，也随即响起。

春天扫地不吃力，路上几无败草枯叶。落花倒是有的，但眼下极少，今年冬寒迟迟不去，花也偷懒了，不急着开。季候已至春分，小区里的花树，除了梅花外，只有一棵玉兰勤勉大方，捧出十来朵花应景。季姐告诉我，玉兰花是能吃的。"你在面粉里加打好的鸡蛋清，把它们搅拌得稠稠的，可以挂在筷子上不往下掉，再把洗干净沥过水的花瓣，粘上这样的面糊糊，放在热油锅里滚几下，滚得金黄时捞出来，趁热吃，脆脆香呢。"

季姐人长得胖胖的，大脸盘，盛得住所有福气。她的男人是收废品的，有时也来我们小区里收。我把家里的废品全送给了他，季姐很感激，清扫到我家楼梯口时特别卖力。她的女儿最近给她生了个外孙，她的心情好得不得了，见人就拉着说话。她拉着我说话时，我一边点头，一边担心地看着玉兰树上的花，堪堪十来朵，我真怕她把它们全吃了。

"放心，这几朵花是火引子，我不会吃它们的。只要点着了，这一树的花儿就全烧起来了，有得看呢。"季姐大约看出我的心思，乐呵呵地比画道。

也真的是这样，昨儿见着时，只有一两枝上附着着花，今晨再见，已半树白了。季姐的大扫帚唰哧唰哧扫到玉兰树下，停住，她撑着扫帚的柄，饶有兴趣地仰头看花。她的脸上，骀荡着一半晨光、一半花影，很有几分动人。

# 春风沉醉

春风初刮起来的时候，也是急吼吼的，呼哧，呼哧。把刚刚开好的几树梅花，吹弹下无数的花瓣，洒落在刚刚返青的草地上，格外红艳，像是谁特意布下的景。

然刮着刮着，它就软了骨头。

满世界的珠翠摇红，如美人青丝飘拂，长袖曼舞。它实在吃不消这等温柔。

轻呀，再轻些呀。暖呀，再暖些呀。

它不知不觉收敛起脾气，最后软化成水。

春雨下着，万物萌动。

以柔克刚，原来是这样的。

他是粗人一个。年少时，街上一帮小混混里，他是他们的头儿。走哪里，都跟只螃蟹似的，横七竖八着。街上人一提到张家老二，就都摇头。

父母骂过、打过，但成了形的钢，想扭转，难。闹得最凶的一次，父母去求警察，把他收去教育。警察苦笑，他也只是好斗好勇，但哪一样都挨不上法律的边，抓不了他。

他就这样长到二十来岁，留长头发，穿花衬衫，嘴上成天叼着支烟，吊儿郎当的，在街上游手好闲着。

然后，就遇见了她。

她是山东来的，租了他家的房，在他家楼下卖炒货，瓜子、花生、蚕豆，一袋子一袋子摆着，喷着香。他带了两个小喽啰，一摇三摆地下楼来，抓起她的瓜子就嗑，一边嗑，一边挑剔着说，都炒煳了。扬手一抛，一把瓜子撒了一地。

两个小喽啰也学他的样，说，煳了，煳了。嘻嘻笑着，抓把瓜子就往兜里揣。他转身，正要扬长而去，抬头，碰上她的眼。那双小鹿一样的眼睛，清澈，蓄着两汪湖水，很温柔很淡定地看着他，微带着一丝嘲讽的笑意。她朝向他摊开手，说，给钱吧，三把瓜子算你们半斤好了，五块钱。声音不高，但坚定。

他一时慌了神，怔怔的，脸上洇上了红晕。随即无端地恼怒起来，给了两个小喽啰一人一拳，低声喝道，谁让你们随便拿人家的瓜子的！赶紧掏出五块钱，递过去，讪讪道，对不起啊，我们闹着玩的。

街上人本是等着看热闹的，觉得这次他非要闹上一场不可，不掀翻掉整个炒货摊，就算是这个姑娘的造化了。大家都替姑娘惋惜着，租谁家的房子不好，怎么租上这个混混家的了？

然这个混混这次非但没发作，还当场给姑娘道了歉，爽快地掏出五块钱赔了。一街的人大跌眼镜，议论纷纷。

这件事后不久，他跑去剪掉长头发，并戒了烟，回家跟父母说，他要好好为人了，想买辆货车跑运输。

父母喜不自胜，双手合掌，喃喃道，感谢老天爷，咱家这个混世魔王终于晓得回头了。他们凑足资金，给他买了辆车。他很快跑起运输来，跑得稳稳当当。每回跑完运输回来，他都首先跑去向她报到，说一声，我回来了。他在她跟前，很腼腆地笑，温顺得像只小羊羔。与从前的张家老二，判若两人。

他们相爱了，一切顺利，很快便结婚了。她不许他再跑运输，认为那很危险。他二话不说，就卖了车，在街上开了家修理小铺，修理摩托车、电瓶车。有小混混来找他去喝酒，他一口拒绝，说，老婆要骂的。她站他身边，微低着头，但笑不语。他看着她，也笑，一副春风沉醉的模样。

天地万物，原是一物降一物的。

# 春　分

　　到春分，春天已很春天了，华衣锦服，环佩叮当，山花插满头。真个是花俏她也俏，盛年锦华。

　　她其实，更像个古灵精怪的小丫头，被大人管束得厉害，在人前，也假装端着淑女的架子。一俟转身，剩她一个人了，她本性暴露，完完全全放开手脚，撒开脚丫子就奔跑起来。一路跑，一路泼洒着她早就积攒好的颜料，或红，或白，或粉，或黄，或紫。泼洒到哪里，哪里就开出花来。桃花、杏花、梨花，数不胜数。再不开，就来不及了呀。你走过它们身边，仿佛就听到这样的话语。生命总要激情燃烧一回，才不枉活过一场。

　　油菜花，还有南挪北移来的樱花、海棠和紫荆，再加上一些小野花。哪一朵，不是在不要命地开着？哪一朵，不是极尽好颜色？又哪一朵，不是富足华丽的？

　　这个时候，哪一处都是美的，哪一处都入得了景。人差的就是眼睛了，多想再多生出几双眼睛来，把这美景都看遍。不，不，还是最好变成鸟吧，大声鸣唱着才行。在花树间唱。在绿草地上唱。在河边的柳树上唱。在冰雪消融的山头上唱。

一千多年前的书法家徐铉的春分，逢着雨了。他写："天将小雨交春半，谁见枝头花历乱。纵目天涯，浅黛春山处处纱。"读着，恍惚，仿佛时光从未曾走远过。它一直还停留在那样的春光里，一样的枝头花开灼灼，一样的山抹青翠。

连惆怅，也是一样的。"焦人不过轻寒恼，问卜怕听情未了。许是今生，误把前生草踏青。"美到极致的景致，总容易让人忧伤。是轻轻一拨动，就响彻心房的那个"情"字，前世今生，几多相逢，又几多错过。生生叫人剪不断，理还乱！

乡下的春分，却一点儿也不惆怅，春耕大忙着呢。农谚有："春分麦起身，肥水要紧跟。"古诗里也云："夜半饭牛呼妇起，明朝种树是春分。"到处是一片繁忙景象，哪有闲工夫去触景伤情。

我去乡下看油菜花。我妈整个人，淹在一片油菜花地里。她在给里面的蚕豆追肥。油菜花的花粉扑她一身，她是黄灿灿的一个人了。我为那美，惊得说不出话来。我妈直起身，身前身后的油菜花，立即摇动起来，花粉乱溅。她看着我笑，说："再过些日子，你就有青蚕豆吃了，到时你要回家吃啊。"完全不应景的一句话。在她，日日与油菜花相伴，早已融入其中，妥妥帖帖。儿女才是她永远的关注和牵挂。

我跟着我妈回家。一路走，一路触碰着那些花。春天沾在我的衣袖上了。我妈的背影里，更是驮着春天。我看着，心波流转，一时间，竟不能自已。

晚上，我读到一个孩子写来的信：

"我有一个梦想，希望全世界的花都好好地开。"

# 春归蔷薇

　　出门好些天，惦念着家里的蔷薇，一天要念叨好几回，家里的蔷薇花也开了吧！那是我书房露台上的、小区栅栏上的、小区前面和后面的口袋公园里的、我散步的小河边的……可以这么说吧，我之所以爱我所在的小城，不愿迁去别的地方生活，一部分是因为有这些蔷薇花在。

　　别的地方也有。我在溧阳做活动，住在八字桥村，村中有两条道，一条南北走向，一条东西走向，各有一截儿的路，被蔷薇花包抄了。我在雨后的清晨，穿过绿荫晕染的小径，去看它们。微风斑驳，草木洁净，我走走停停。路边开着花的小蓟是迷人的；开着花的野芹是迷人的；开着花的野胡萝卜是迷人的；我还遇到一丛蓬蘽，它是蔷薇家的亲戚，五瓣儿裂开的小小白花，很像一张开心到极致的天真的脸。我有些移不开步了，我盯着那些小白花看呀看呀，看得浑身蒸腾起洁白的芳香。

　　花朵为什么让人心生好感？这是因为，没有一朵花是愁苦的，它们总是欢笑着，自有光芒闪烁——笑容，是最能安抚人的。

我如愿看到大丛的蔷薇花，粉色的、玫红的，朵朵精致。它们让我更加想念家里的蔷薇花了。花是一样的花，可花又是不一样的花，不同的地域，有不同的气场吧。一个人在一个环境里浸润久了，那个环境里的气息，已然跟她的生命相融相生，再也剥离不开。

我在溧阳的活动一结束，便赶紧收拾行李回家。到家的第一桩事，就是跑去看蔷薇。它们在呢，好好地在呢，满架、满廊、满栅栏、满河畔，红的、白的、粉的……朵朵都窖藏着掏不完的甜香，商量着刮起颜色的风暴，在春的尾巴上，抹上浓墨重彩的一笔。我想起黄庭坚写的一首词，挺应眼前景的，也是这样的春末，也是这样的蔷薇花开，黄先生望着春天渐行渐远的背影，忽然惆怅了：

> 春归何处？寂寞无行路。若有人知春去处，唤取归
> 来同住。
> 春无踪迹谁知？除非问取黄鹂。百啭无人能解，因
> 风飞过蔷薇。

春到底归了何处呢？人不知，黄鹂也未必知。但是蔷薇肯定知道的，因为，春归了蔷薇。我想，这才是春天最好的去处吧。

我一朵一朵数望过去，哪朵都不想辜负。可是，怎么数得过来啊！那么多，比天上的星星要多，比海里的贝壳要多。眼睛被塞得肿胀起来，心被塞得肿胀起来，鼻子和耳朵也被塞得肿胀起

来。川端康成说:"如果说,一朵花很美,那么我有时就会不由自主地自语道,要活下去!"千朵万朵的花,教给我们的,则是大捧的希望和光明吧。

我采了一枝蔷薇带回书房,随手插在一个矿泉水的瓶子里。我坐在一丝一丝甜香里,给一个深陷绝境中的姑娘回信,我说,好姑娘,暂且把难过的事搁一搁,满世界的蔷薇都开好了,去看看蔷薇花吧。

# 洁净的五月

五月，一场早有预谋的大风刮过后，小城的天空像是被铧犁犁过似的，露出一汪"深潭"来。潭水清洌，泛着蓝幽幽的光，洁净得能照出大地的影子。云是没有一丝的，我走在路上，不时抬头看看天空，在那汪"深潭"里，想找到自己的影子。找着找着，我独自笑起来，莫名地快乐。

大地也是洁净的，花草洁净，鸟雀洁净。眼中所见色彩，无一不是洁净的，绿的油亮，红的旖旎，黄的、紫的温柔。我感觉自己，也变得洁净起来。洁净，乃是生命的最高境界，是能盛放大愉悦的。

这个时候，宜缓缓走，慢慢看。看洁净的树。看洁净的花。虞美人开成片是值得为之惊艳的，特别是夕照的金粉倾倒下来的时候。我福分不浅，正好遇见这等奇观。是在一口荷塘边，那里长过波斯菊，长过小月季，我都不曾觉得有什么特别的。黄昏时我慢悠悠荡过去，忽见一大片虞美人，薄薄的裙摆，蘸着夕照的金粉，在清风中载歌载舞，红映着金，金衬着红，真个是"袅袅腰疑折，褰褰袖欲飞。雾轻红踯躅，风艳紫蔷薇"的。我大为惊异且感动，我何德何能，竟额外欣赏到一场华丽丽的大型舞蹈。

　　我是跳着跑向楝树的。怎么也没想到，在城里的公园里，会遇见楝树，而且不止一棵，是五棵。两棵长在湖边，三棵长在野地里，都开着一树的花。这是我童年的树啊，它长在我家厨房后头，又高大又粗壮。每年五月，它都会顶着一头薄紫的花，风吹花落，厨房的黑瓦上、门前的泥地上，都会滚动着那小风车似的薄紫的花，空气中飘着好闻的香气。父亲告诉我，那树是给我和我姐做嫁妆的。我也就格外爱它，每每抬头看它，总觉得它要跟着我一生一世下去。

　　我对着楝花想了想几个亲人——祖父、祖母和父亲，他们早已入土为安。他们的样子，在一朵楝花里浮现出来，时空交错，我们又相聚了。我采了几朵楝花装在口袋里，我的口袋里便焐着香。楝花的香，是有色彩的，薄紫的，香得很君子很慈悲，好似佛龛里燃着的一炷香，袅袅雾起，使人心安。

　　野地里的野花们聚齐了，我自然要跑去和它们打打招呼的。都是少年时的旧相识啊！小门小户的一年蓬还是那么清秀，一身素色衣裙，提篮挎筐，似要陌上采桑去。一大群一年蓬商量着一起出门，就很成景象了，让人仿佛一脚跌进《诗经》年代，"出其东门，有女如云"。痴痴想上一回，心旌摇荡，好像自己也是其中一员，参与过一场美妙的约会。

　　泥胡菜开紫色绒球球的花，开成一片也是蛮好看的。早春的时候，江南人爱采泥胡菜凉拌着吃，据说口感甚佳。也有用它做青团子的。我没吃过。羊爱吃，猪爱吃，这个我知道，我小时没少采过它喂羊喂猪。

羊和猪爱吃的还有刺艾，它有学名叫苦菜。我们乡下不叫它苦菜，一直叫它刺艾。很贴切的叫法，因为它的叶子边缘是有刺的，身上则带着艾草的气息。小时，乡下的地里到处是它。我在一块草地上遇见它，一棵又一棵，有的开着黄色的舌状的花，有的没有，我觉得好熟悉啊，却怎么也想不起它的名字了。我很沮丧，好像把我童年的一角给遗忘掉了。我想了一下午，又加一个晚上，终于在半夜里把它想起来了，原来，原来，它是刺艾啊。我这才安安心心入睡了。

# 野有蔓草

多好的大自然！多清新美好的一个清晨！

野有蔓草，零露泄兮。……野有蔓草，零露瀼瀼。

轻轻念念这样的诗句，唇齿间就注满青草的清香、露珠的清凉。一颗心跟着晶莹起来、圆润起来，一个劲地向下坠去、坠去，坠入到泥土里，化作原野上那青草丛中的一棵、露珠丛中的一滴。

这是在天高地阔的野外。野草疯长，一直蔓延到天边去了。夜里刚降下一场露，浓郁、丰沛。极目之处，天与地，上下一色，青碧里，闪着银光。风吹着湿漉漉的清香，十里相续。置身于这样的大自然里，人被濯洗成一个崭新的人了，吸进的是泠泠的草香，吐出的是幽幽的芬芳。凡尘俗事皆可抛却，灵魂得享一刻的纯洁和安宁。

真好。

这是从前的郑国。小小王国，依山傍水，风景秀美，物产丰饶。民风吸足了天地之精华，淳朴厚道，又有着自然浪漫的情怀。虽则战乱不止，但草木不管人间事，它自有它的从容不迫、日升月落。好山好水与人相亲，人也总能找到一丝缝隙，在那缝隙里种光，种暖，种情，种爱，种烟火日子。

于是，在这样一个露珠团团、青草吐芳的清晨，一场摇着绿的不期而遇，成了必然。

一个姑娘来了。

她一径走向那片青草地。她或许就是一个普通的邻家姑娘，赶了早来采把青草回家喂马。青青的草上镶着无数颗晶莹的眼睛，骨碌碌地转着，映衬得姑娘成了水灵灵的一个人，清扬婉兮，婉如清扬。

一个青年路过。

他打老远就看到在青草地上割草的姑娘。姑娘清新得宛如碧绿的湖面上，浮出的一朵莲。他的心，在一刹那间停止了跳动，天哪，这真是个美人啊！

这个时候，如果他们之间要发生些对话，一定是这样的：

——哦，原来你也在这里。

——是的，我也在这里。

此时此地，不早不晚，不偏不倚，他们相遇了。一眼之缘，便是终身。社会动荡又如何？兵荒马乱又如何？总容得下两个相爱的灵魂。青草肆意地青绿，露珠肆意地瀼瀼，人性不可湮没。

于是有了青年由衷的喜悦，像棵要开花的草一般自然：

有美一人，清扬婉兮。邂逅相遇，适我愿兮。

不遮不掩，不欺不瞒，不害羞，不退缩，我喜欢了，就对你说喜欢。你美好的样子，非常符合我的期待，我很想与你永结同心，就是这样的。之前，他或许也曾辗转无数，过尽千帆皆不是，不肯将就，一定要等到合眼缘的那一个。现在，他终于邂逅了。

剩下的时光，他们只要相爱就好了。他真诚地对姑娘表白道：

邂逅相遇，与子偕臧。

感谢老天爷，这个清晨让我无意中遇到你。我很喜欢你，想和你在一起，变得更美好。你愿意吗？

真想代这个姑娘回答，我愿意！

这么明亮婉约的一个清晨，就该谈一场青草般的恋爱，方才算不得辜负。

# 夏　至

　　下了一天一夜的雨后，天放晴，气温一下子蹿上去十来摄氏度，蝉鸣蛙叫的，夏天便很夏天了。

　　楼下人家长的豇豆开花了，淡紫。丝瓜也开花了，艳黄。还有南瓜，还有黄豆，都开花了。一朵一朵，登高爬低的，欢笑喜悦。

　　还有荷。城郊有塘，里面植荷数棵。我前日去看，也都含苞了。想这两天，有的，该绽放了吧。"绿筠尚含粉，圆荷始散芳"，天地绵长，哪一日不如同恩赐？

　　夏至了。

　　我觉得这个节气的叫法，委实直白。像随随便便招呼一个人，哦，你来啦。那边也是随随便便地应一声，是的，我来啦。轻浅的，骨子里却是亲热熟稔的。

　　先人用土圭测日影，首先确定的就是夏至这个节气："日北至，日长之至，日影短至，故曰夏至。至者，极也。"我在山西灵石县的王家大院，见过这样的土圭，用来测时辰的。人的聪慧，真是深不可测。

　　民间在夏至日这天，照例有些老风俗。有的地方有吃夏至面的传统，"吃过夏至面，一天短一线"。有的地方则是吃馄饨，"夏至馄饨冬至团，四季安康人团圆"。新麦飘香，其实，人们也就是找个由头，尝个新，合家美美吃上一顿。

　　我的家乡，却只把这天当寻常过，面也不吃，馄饨也不吃。口福却不浅，地里的瓜果，渐渐熟了。黄瓜，香瓜，西瓜，一个赛一个欢实。甚至还有早熟的桃。还有枇杷。随便摘着吃吧。孩子们去地里摘瓜，捧上一只，洗都不用洗。倚着一棵树，小拳头对着瓜，"啪"一下，瓜就砸开了。啃吧，像小猪一样地啃着。管饱。

　　我也就想到"16桩"了。

　　"16桩"是间瓜棚的名字。有公路穿过乡村，瓜农们在公路边搭棚设摊卖瓜，便都依了公路边的路桩叫开来，有叫5桩的，有叫8桩的。我第一次在16桩那儿买瓜，那瓜棚的主人对我说，记住啊，我是16桩。我保管你回去吃了，会觉得，你再也没有吃过比16桩更好的瓜了，你会再来买的。

　　他的话，我爱听。五六年了，每到夏至，我会很自然地想起，他的瓜该熟了。然后，驱车近百里，跑去问他买瓜。

　　他的瓜棚总在候着，一堆的瓜，堆在瓜棚前。四五十岁的中年男人，黑且瘦着，喜听昆曲，也会哼唱不少段落。还喜翻古书。翻些四书五经类的，叫人吃惊和刮目。他最大的爱好，就是研究瓜的品种，西瓜、甜瓜和香瓜。黄皮的、白皮的、青皮的。他卖的瓜，比别的瓜摊要贵很多，他不肯降价一点点，你买再多，他也不肯降。他说，我种的瓜，就是比别人的更甜、更香，纯天然的，就值这个价！

我吃不出来。但我喜欢他的自信和笃定，那是种由内至外散发出来的傲气。他维护着，他的尊严和瓜的尊严。这点很重要。

我再跑去问他买瓜，他未必记得我了。我不在意，我记住他就行了，还有他的瓜。一样的有骨气有傲气，让人觉得，活着，是一件很带劲的事。

# 翠袖红裳细锦袍

进入大伏天，别的花且开且隐，木槿却走到前台来，很是大张旗鼓地开起花来。一朵一朵藕紫或紫红，斜簪于碧枝之间，水润灵动，似乎想给这炎炎夏日，送上一捧清凉。

我从小见多了这种花。那时，多是紫红色的，大朵，五瓣，柔润似绢。吾乡人唤它，槿花。好些人家门口都种着它，拿它做了天然篱笆。它小枝密集，我家养的鸡特别喜欢跳上去，在里面乘凉玩耍，啄食花朵。母鸡还在里面下过蛋，被我们孩子捡到过。

那时也不知它的花朵可以滚了面粉炸食，还可以清炒或做汤，故它活得很自由自在，高兴开几朵就开几朵，高兴开成什么样就开成什么样。印象中，吾乡人极少食花，除了在春末偶尔吃点儿槐花外，连桂花也不肯摘下吃的。我想，吾乡人应是知它可食而不食的。在吾乡人看来，花嘛，是留着看的，而不是吃的。每日清晨起来，看到一丛一丛的木槿花好好地开在门前，是件多么叫人愉悦的事情。

那时，也不知它是朝开暮落，不知它被无数的文人墨客伤春悲秋过。他们称它朝颜。"朝荣殊可惜，暮落实堪嗟"，白居易曾对着它如此感叹。然我们看见它，却只有欢喜。因为，它的枝头，似乎从未曾少过一朵花，能陪我们一直开到深秋。它自己也是没有感伤的吧，一朵熄了，另一朵悄悄续燃上，生命的火焰生生不息。南宋文人虞俦帮它说出了生命的真相：

翠袖红裳细锦袍，纷纷儿女斗妖娆。千枝万朵遮人眼，谁觉荣枯在一朝。

红裳锦袍的妖娆，转瞬即逝又如何？它早已备下千枝万朵，前赴后继，生命的河流不会断流。所以，人爱它，又送它"无穷花"之别称。生命无穷，希望无穷。

几千年前，郑国的郊外，也长着许多的木槿吧。一个寻常的夏日，一辆马车穿行于村庄之间，铿铿锵锵一路向前。广袤的田野，青纱帐连着青纱帐。人家的屋前，木槿花盛开如锦。瓦蓝的天空上，飘浮着淡青色的云朵。坐在马车上的青年，全然没有心思欣赏眼前美景，他的整颗心，都扑在同车的姑娘身上。这个姑娘太动人了：

有女同车，颜如舜华。将翱将翔，佩玉琼琚。彼美孟姜，洵美且都。
有女同行，颜如舜英。将翱将翔，佩玉将将。彼美孟姜，德音不忘。

青年暗地里百转千回，这趟出门真是值了，能邂逅这么美好的姑娘啊。姑娘的打扮多么得体，举止又是多么大方。更要命的是，她长得多么好看啊，多像一朵盛开的木槿花啊。青年明白，他与姑娘地位悬殊，这偶然的相遇，只是瞬间的美梦罢了。然他会用一辈子记住这个姑娘，她木槿花一样的灿烂，曾照亮过他的生命。

　　有些盛开，只一瞬，便成永恒。

# 喓喓草虫

初秋进山，有个大大的好处是，你的耳朵可以饕餮一回，尽情地享用虫鸣。

别处也是有虫鸣的，可远没有山里的声势浩大、气势磅礴。夜晚你在山路上散着步，你身子轻盈，仿佛是被虫鸣声抬着走的。远远近近那些隐隐的山峰，也好像被虫鸣声抬起来了。人说虫鸣如雨，你觉得它如潮水呢，一浪逐着一浪，能行大船。

这里当然没有大船。水是有的，山泉潺湲，也有池塘倒映着半座青绿的山峰。这是南京老山地段，有大大小小山峰近百座。进山的路真不大好找，白天我在外面绕了好几大圈，才找到里面来。问负责全省作文竞赛相关事宜的彩萍，怎么想到把会议安排到这里来的？彩萍大睁着绿豆一般清秀的眼睛，认真对我说，你不知道，这里的虫子叫得有多好听。

久居城里的彩萍，成日价在高楼与高楼之间穿梭，鲜少听到虫叫。她一脚踏进这初秋的山里，如同一个久未吃到糖果的孩子，一下子掉进糖果缸里，眉眼里，尽是慌张的喜悦。

慌张？对的。排山倒海的虫鸣，真叫人慌张呢。这里唧唧，那里嚯嚯、吱吱，吹拉弹唱，无一技法不用尽。我很想辨别都是些什么虫子在叫，结果徒劳。它们个个都是主角，争相展喉，你的声音缠绕着我的，哪里分得清谁是谁。偶也有几个唱走了调的，从动听的和声里窜了出来，尖厉、突兀，它们并不自知，也没有人笑话它们，它们就只管唱下去，兴高采烈的。在山里，每一只虫子都有歌唱的权利，它想怎么唱就怎么唱，只要它高兴，它可以从早唱到晚，再来个通宵达旦。谁管得着？

真是自由！

我很羡慕了，真想参与进去，做它们中的一分子，尽情地放开喉咙乱唱一气。小时候，我也是个喜欢唱歌的孩子，学校排练文艺节目时，我主动要求唱歌，结果张口才唱两句，就被老师嫌弃。老师说，快别唱了，不好听。从此，我再不好意思在人跟前张口。虫子们介意过自己的歌声好听不好听吗？虫子们定然没有。它们一定奇怪人的复杂想法，歌唱是生命的天性呢，哪里有好听不好听之说。

顺应天性的，便都是合理的、美的，这是山里的虫子们告诉我的。

我终于哼唱起来，从轻轻的，到大声的。没有一只虫子笑话我，它们的叫声反而更热烈了，仿佛应和我。浓郁的夜色，被我们的歌唱戳出一个一个微笑的梨涡。巨大的热闹，又是巨大的宁静！我想起《诗经》里的《草虫》篇，首一句就是"喓喓草虫，趯趯阜螽"，那些喓喓而鸣欢腾跳跃的草虫，与我跟前的这一些，唱的是同一首歌谣吗？这世间，千百年来的活法如出一辙，纵使有艰辛万千，却从不缺少欣欣生机。

我感觉心里有什么放下了，连同骨头都松快起来。

# 秋　分

有一段日子没下雨了。秋天没有雨，晚上的夜空，就如同恩赐，澄明清澈，有月可赏。

我是看着月亮，一点儿一点儿长大的。

起初，它跟棵初生的小草似的，羞怯怯地钻出天幕来，头顶一枚嫩嫩的白芽芽，晃呀晃的，好奇地四处张望。这之后，我眼看着它，一天一天丰满，一天一天长成。到秋分，已成胖乎乎的一团了。像朵丰腴的白莲花。

古时，人们曾把秋分这天，设为祭月节，这颇让人感怀。上古时期，生产力是那样低下，人们却心思单纯，懂得惜福，又知恩图报。他们对天地日月，都怀着感恩之心，常隆重地举行一些祭祀活动，来拜谢天地赐予。于是有了春祭日、夏祭地、秋祭月、冬祭天等等习俗，无有遗漏。后来，由于农历与阳历常常错过，每年的秋分日，不一定都有圆月可祭，才把祭月节挪到了中秋。

对于赏月，我倒以为，满月赏得，月牙儿亦可赏得，各有各的风味。就如同孩童有孩童的稚气可爱，成人有成人的圆润洞达。

多年前，我特喜欢过一首歌，徐小凤唱的《明月千里寄相思》。大学宿舍，六十瓦的灯泡下，七八个小女生，团团围着一台收录机听徐小凤唱："夜色茫茫罩四周，天边新月如钩。"一枚新月映在空中，大地肃寂得那么悠远，悠远得让我们的心，莫名地生起忧伤。想说些什么，又不知该说些什么才好。头脑里过电似的，闪过一些人、一些事。以及，那些未曾好意思表明过的爱恋。真真是觉得有些委屈的，以为自己的好时光，都被辜负了。——也只有这样的月如钩，夜朦胧，青春才最易动情吧。花半开叫人念想。月初生，情初绽，又何尝不是？白居易有诗作名句："可怜九月初三夜，露似真珠月似弓。"我想，夜空中少了那枚弯弓一样的月亮，诗人眼里的九月初三夜，怕是也少了很多的可爱吧。

明月当空照，则又是另一番境地。花好月圆，本是我们终其一生的梦想。《诗经》里有"月出皎兮，佼人僚兮"之句——这皎皎之月，该是秋分前后的月亮才是。值彼时，月亮是一年中最为莹润最为丰沛的了，配了月下美人，再合适不过。更何况，还有桂花来添香。

到秋分，天下已是桂花的天下了，江南江北，都有它的影子在晃悠。说起桂花，真个是花中刁蛮伶俐的小妮子呢。有时，你在路上走着走着，它不知打哪儿突然冒了出来，泼你一头一身的甜和香。让你一个趔趄，在它那浓烈的甜香里，狠狠愣一愣神，欢喜地扭头去找，嗯？哪里的桂花？

还有菊黄蟹肥呢。菊黄且不说了，从初秋，一直能赏到秋末。蟹肥却引诱得味蕾一阵一阵地驿动。俗语说："秋风起，蟹脚痒。"从这时候起，我们也就进入吃蟹的好时节了。

# 螽斯羽

我极喜欢"螽"这个字。多有意思啊，冬天的外衣下面，埋伏着两只虫子。它们在做什么？它们忙着谈情说爱、生儿育女来着呢。冬天的门户都关紧了，连草木都沉睡了，也没个谁来打搅它们，于是乎，这两只虫子便天不管地不管的，过起它们如花似玉的好日子，生了一堆胖娃娃，整日里喁喁欢唱，蹦蹦跳跳。

这虫子，今人叫它蝈蝈。"蝈"字也好，虫子们独自拥有一个国度，在这个国度里，虫子们自己做自己的主，婚丧嫁娶，生生不息。但我还是喜欢古人的叫法，螽，或螽斯。诗意十足啊。你念念，你且念念：

> 螽斯羽，诜诜兮。……螽斯羽，薨薨兮。……螽斯羽，揖揖兮。

念着念着，你的耳朵里，是不是灌满了无数只虫子振动翅膀的声音，"蝈蝈蝈"，"蝈蝈蝈"，妙不可言？是的，这种虫子的翅膀就是它的乐器，它稍一振动，一串串音符就跟着飞翔，又清脆又响亮。你仿佛置身到一片丛林中了，是众多虫子聚集的丛林，像有小女巫点燃了无数盏萤火虫的灯，那里，正举行着一场盛大的音乐会。

太快乐了！

我在秋末，于黄昏时分出门散步，顶喜欢迎着这样的一片林子走，走向它的纵深处。天慢慢暗下来，螽斯的声响就从某丛灌木下，或是某片草丛里传出来，如跳跃着的一捧泉水，从高处跌落，溅起水花一片片。我只觉得五脏六腑都被洗涤得清明起来，总要站在那儿谛听良久，听得浑身满是这些声音，这才心满意足了。

很羡慕从前的先人们，他们日日如斯，在虫鸣声中日出而作，日落而息。他们住在泥草屋的房子里，虫子们就在他们身边蹦跶着，和他们一同进出屋子，一同就寝。他们握着石犁耕种田地的时候，虫子们就在他们脚边遛着弯儿，此起彼伏地欢鸣着。他们熟悉虫子的一切，就像熟悉他们自己。虫子们对庄稼也有破坏，那怪不得虫子，人要吃饭，虫子也要吃饭。他们对虫子的感情，既爱又恨，复杂着呢。就像对他们自己，有时也会不满意。但总的来说，他们相当热爱生命、尊重生命，他们能从虫子的叫声里，判断出季节的变化、冷热的转换。比如这螽斯吧，当它们的"叫声"越来越细小微弱的时候，西北风就挟裹着严寒来了。它们纷纷跑进人家的屋子里，寻求庇佑，人们的梦里，便总有螽斯在"蝈蝈蝈""蝈蝈蝈"地叫着。

螽斯旺盛且超强的生育能力，当然也逃不过人们的眼睛。一只雌性螽斯怀孕后，可产出三百至四百四十枚卵，一个新的庞大的家族没多久就建立起来了，儿女众多。人们仰慕得不得了，再逢重大场合，比如寿辰呀，婚宴呀，要说些祝福语的时候，人们不约而同都想到了螽斯。一首叫《螽斯》的祝福歌，自然而然诞生了：

　　　　螽斯羽，诜诜兮。宜尔子孙，振振兮。
　　　　螽斯羽，薨薨兮。宜尔子孙，绳绳兮。
　　　　螽斯羽，揖揖兮。宜尔子孙，蛰蛰兮。

　　螽斯振动着翅膀，快乐地飞翔，祝福你，你将和它一样，子孙众多，家族兴旺。螽斯振动着翅膀，嗡嗡鸣唱，祝福你，你将和它一样，子孙众多，福寿绵长。螽斯振动着翅膀，群集在一起，祝福你，你将和它一样，子孙众多，和睦欢畅。
　　这个时候，人和虫子一样快乐。这个时候，大自然敞开胸怀，含笑不语。

# 等一场桂花开

这几天，走路一不小心，就会被一个小家伙偷袭。

它偷袭你，不分场合，不分心情，不分雨天还是晴天，不分白天还是夜晚。反正只要它乐意了，它就会偷袭你。

而被偷袭的你，绝不会埋怨，绝不会厌烦，倒是要一脸讨好，欣喜雀跃，深深吸一口气，再吸一口气，呀呀，小东西，是你呀。

当然是我呀，它"噗"地喷你一身香，无声地回答你。

它有时，是躲在一片灌木丛中的。有时，则藏身于一户庭院深深处。有时，它就坦然地站在道旁，大大方方的，笑嘻嘻等你，不藏不躲了。

花朵大多数貌不惊人，还是那么小，四瓣儿，米粒般的。跟从前一样小，跟远古时期一样小，染着淡淡黄，眉眼不甚清晰。

远古远到什么时候呢？那会儿，它还住在深山老林里的，和荆棘、葛、荨麻、野葡萄是邻居。

秋天，满山的叶子在落，它却悄无声息地开花了。

是谁的鼻子率先闻到那一缕缕甜香，继而发现它身体里藏着的一粒一粒小秘密？我甚至能想象得到那人一声意外的惊叹："啊！"

这一声，惊动了一座林子。

啊，真香啊！

风比虫子发现得要早。虫子又比人发现得要早。它们都是闻香而至的吧？

人自然也是闻香而至。它太香了，一香动一山。人发现后，惊奇坏了，世上竟有这等奇香的花？咦，怕不是从天上掉下来的吧？

于是，关乎桂花的各式各样的传说甚嚣尘上。流传最广的，莫过于嫦娥奔月了。偷吃了后羿灵丹之药的嫦娥，身子不由自主腾空，飞到月宫里。月宫里有什么呢？只有一棵疯长的桂花树。犯了错的仙人吴刚，被玉皇大帝罚到这里，砍这棵疯长的桂花树。他举起的斧子不能停下，每停一下，桂花就长高一尺。这么长着长着，会把月宫撑破的。吴刚只好不停地砍啊砍，没有间隙。真不敢想象，天地间还有比这样的惩罚更厉害的吗，不打你不骂你，却叫你不眠不休，生生累死你！小时我奶奶每每讲到月亮里吴刚伐桂的故事，临了都会慨叹一句，人啊，还是不能犯错啊。这无形中对我们有警醒的意味。民间故事都带些警醒的意味的。

吴刚砍伐下的桂枝，有的掉落到人间，遇土而活，人间就这么的，拾得一捧香了。"谁遣秋风开此花，天香来自玉皇家"，诗人是愿意相信这传说的。

桂花经过几千年的演变，家族庞大，品种繁多，有四季都开花的四季桂。然而最正宗的桂花，我以为还当是秋桂。"欲知岁晚在何许，唯说山中有桂枝""大都一点宫黄，人间直恁芳芬。怕是秋天风露，染教世界都香"，描写的都是秋天的桂花。秋至岁晚，秋天风露，那都没什么关系的，因为你可以安安静静等一场桂花开。这个时候的风是桂花风，雨是桂花雨，梦也是桂花梦了。一个世界，都是香的。

# 秋天咏叹调

## 一

秋天太好了。它来敲窗，送我一捧桂花香。

桂花香太好了，醇厚甘美，散发出熟透的水蜜桃的气息。

这些天，我的小城沦陷在这种香里面。大人，小孩，女人，男人，还有那么多的鸟和虫子、猫和狗，都一并分享着。不偏不颇，众生平等。

有人提袋，在桂花树旁转悠，这棵树上摘一些，那棵树上摘一些。他是要回去做桂花羹呢，还是做桂花糕？

这个人一边摘，一边不安地四处张望，有些心虚。窃花嘛，到底不是正大光明的事。我笑笑，移开眼睛，假装没看见，脚步没有停留，一径从他身旁走过去。我原宥着这个人的行为，谁让桂花那么香的！你看，香得过分也是原罪一件。

月亮升起来。明晃晃的月亮里，似乎也蒸腾着桂花香。天上人间，交融到一起。

我爱惜地落脚、抬脚。每走一步，都惊起一波的桂花香，心被熏得一颤一颤的。幸福啊，我对自己说。觉得这世上所有的不快，这会儿，皆可以被原谅了。

# 二

人说，秋天是平和的、宁静的、安详的。

这只是它的一面。它还有另一面，那一面上，写着炽烈、豪迈和洒脱。

它从春天一路走来，什么样的繁华旖旎没见识过？看开了，不争了，不抢了，云淡风轻。可胸腔里还有一捧热血在啊，是要痛痛快快抛洒掉，才算完满。于是乎，有了最绚烂的燃烧。

这个时候的花草树木，都在拼尽力气燃烧。

比方说，栾树。

怎么说此刻的栾树才好呢？绿叶子，黄花朵，红果实。绿又有着浅绿、碧绿、青绿、深绿、黄绿。黄又有着浅黄、深黄、金黄、赤黄。红又有着淡红、赭红、朱红、褐红。它把这诸般色彩泼墨似的搅拌在一起，仿佛下了一场颜色的暴风雪。"诗万首，酒千觞"，当此际，该豪迈地大碗喝酒，一醉方休。

栾树的落花也是惊人的，一地"碎金子"在滚啊。我去通榆河畔散步，一段路的两旁，全是披金挂红的栾树。细碎的小花，铺了一地，美得很梦幻。一老者面对落花，持笛而立，很投入地吹起一支曲子。路过的人看见，先是诧异，旋即脸上浮上笑。大家都尽量不去踩踏地上的落花，脚步轻轻地走过去。

我亦是如此。

我很佩服老者的勇气，欣赏得不要不要的。纵使我想做，也不大好意思的。他是个多浪漫的人啊。

这样的景，实在该配上这样的人，才不算辜负。

## 三

一棵高高的楝树上，缀着一撮黄，璀璨耀眼，像簪着一件黄金首饰。

只一撮。

它是率先黄起来的叶子。

我仰头望了良久。后来又去观察了别的树，像梧桐啊，银杏啊，榆树啊，枫树啊，等等，发现它们也都是一部分叶子先黄起来、先红起来。像溪水缓缓，最后才汇聚成大江大河，赢得圆满的大结局。我终于读懂了秋天的温柔和体贴，它是个渐进的过程，不急急慌慌，不咋咋呼呼，稳笃笃地走好脚下的每一步，给人细水长流之感。

我们的生活也当如此啊。一点儿小欢，一点儿小喜，一点儿小善，一点儿小美，慢慢积攒着，最后也能成为大的福报吧。

## 四

静夜里，久久未睡。

这是秋天里最好的夜啊，四周的虫鸣声滴落如雨。

"山空松子落，幽人应未眠"，这两句诗适时跳出来。我虽身处平原，可静夜如山，也就有了身处空山之感。

千年前的韦应物，为什么久久不能入眠？我想他并没有什么难耐的心思吧，只是那样的静夜，纯静得跟一朵花似的，让他舍不得睡去而已。

时光真是纯净啊！

千年后的秋夜，我的窗外，栾树红红的果子掉落下来，发出轻微的嚓嚓声。"静夜栾果落，幽人难成眠"，我篡改着韦应物的诗句，微笑着，倾听着。我也没有什么心思，就这么感受着这份宁静的美好。

庄子说，虚室生白，吉祥止止。只有把心思滤空，大自然里这些美妙的声音，才能住进来。

此刻，除了倾听，我别无所求。

# 五

我捡一堆栾树的果实，堆在石阶上。

为什么捡呢？是因为我觉得它们太好看了，让人踩在脚下委实可惜。

一只小花猫停在不远处，看着我捡拾。我捡多久，它看了多久。

我把那些小灯笼般的栾树果，摆成心形。我冲小花猫招招手，小猫咪，来，看看，好看吧！

小花猫很意外，它略微顿了一顿，大概觉得自己的鉴赏能力有限，它很不好意思地"喵呜"一声，钻进旁边的冬青树下去了，却又从里面探出头来，偷偷看我。

我笑了起来。

万物稀奇有趣，值得我们一再注目。

平凡的日子因这样的注目，变得生动活泼。

# 六

晚上散步时，我喜欢借着微弱的天光，仰头看路旁的树。

杨树迈入秋天的脚步最快，它简直有些迫不及待想扯掉身上的叶子，好抖擞它一身好筋骨。

也难怪，人家本就骨骼奇秀。在微弱的天光里看上去，比油画还油画。

我随手拍了一张。

我于是收获到一张上好的油画。

这两天的月亮好极了。

它是《诗经》年代的月亮。是屈原的月亮。是曹操的月亮。是张若虚的月亮。是李白的月亮……

在月下走着，容易恍惚，"古人今人若流水，共看明月皆如此"。古与今，好像合着同一个心跳。

我还想到"山月不知心里事"。人的心事最难猜了，月亮都猜了几千年了，还是没猜透。

# 七

回老家陪陪爸妈。

爸妈以我看得见的速度，在快速地衰老着。特别是我爸，他已衰弱得无法独立行走了。

我给他买了一辆助步车，让他推着慢慢走。一步一步，他变回学步的娃娃了。

他推着车，缓缓走到门前的稻田边。田里稻穗饱满，丰收在望。这是我爸最后的疆土。他用眼光抚过一地的稻穗，蛮开心地对我说，今年我家的稻子长得好哩。

稻田边上长了些黄豆，豆荚泛着成熟的金黄色。我爸的视线落在上面，满意地说，你看，我家的黄豆也长得好哩，快收了。

我频频点头。

柿子树上的柿子红了。红薯藤郁郁青青，结出的红薯都有胳膊粗了。南瓜多得吃不掉，堆在厨房的地上。韭菜开着漂亮的白花儿。我妈煮的嫩玉米棒非常糯和香。她得意地说，一点儿农药也没打。

活着一天，就要把眼前的事物，深深热爱着。

为什么不呢？我没有悲伤，只有祝福。祝福所有的活着，都能如此深爱。

# 八

桂花这个"小妖精"又出来迷人了，作风很是猖狂。

那人开着电瓶车，在路上正好好走着路呢，桂花这个"小妖精"突然扑向他，浑身像在香粉堆里滚过似的，香得他打了一个喷嚏，差点翻了车。

——这是他的形容。够生动。我大笑不已。

桂花是秋天里的欢喜事。是秋天的咏叹调。它一来，秋天才真正隆重起来。

傍晚，一出家门我就兴奋起来，哎呀，我又要去相会这个"小妖精"了。

有着夜幕打掩护，"小妖精"变得更大胆、更肆无忌惮。它漫天漫地游走，逮着谁就缠上谁。绊住你的脚，牵住你的衣，叫你实在走不了了，你索性束手就擒，被它的香甜淹死算了。

我总要在外面待到很晚才回去，直到把自己也熏成一朵桂花。

这个时候抬头看月亮，会惊讶地发现，那是被桂花腌制过的月亮啊，每一缕光辉，都散发出馨香和甜蜜。

这样的人间，好得不能再好了。

# 九

又经过一片成熟的水稻田。

一地金黄的稻穗积蓄着满腹的话。

它们的每一个字、每一个词都是金光闪闪的，但它们惜言。它们知道，一旦它们开口了，那不得了了，满地都要滚着金子了，容易坏事。

所以，它们只能沉默地低着头，不发一言。

调皮的鸟雀来逗它们说话也不行。

你还是选择夜晚悄悄来吧，或许你会有幸听到它们与星星的对话。

它们和星星聊一碗米饭、一块米糕和一杯米酒的故事。它们洁白的心，喷着香。星星们入迷地听着，恨不得掉到稻田里了。

# 十

为乌桕着迷。

小城一条路边，栽了一排。我偶尔走到那里，被吓了一跳，这也太风华绝代了吧！

是的，它撑得起"风华绝代"这个词。一棵树就是一场大戏，"演员们"个个浓妆艳抹，舞姿缤纷，真是好颜色！

想当年杜牧行至深秋的山中，见到枫叶，为之倾倒，留下"霜叶红于二月花"之诗句，倘若他见到这深秋的乌桕，他又该如何？怕是要把那诗句换成"桕叶红于二月花"了。它是比二月花还要艳的！

觉得乌桕比枫叶更迷人的不止我，还有陆游，陆游就曾赞过，乌桕赤于枫。

乌桕的美，美在它的多姿多彩，丰富丰盈。它不是单薄的，而是深厚的，充满意蕴的。

等叶子落尽了，还可欣赏它的果实。它的果实洁白如玉，如点点白梅开在枝头。"偶看桕子梢头白，疑是江梅小着花"，那是冬天要讲的故事了。

# 冬　至

在我的印象中，冬至是所有节气里，过得最为像模像样的。那节庆的隆重，堪比中秋。

然我们不叫它冬至，我们叫得更为直白，过冬。

也就是说，从这天起，才算真正入冬了。人常说，数九寒冬，是从冬至日这天开始数起的。

不能不佩服一下我们的老祖宗，在遥远的春秋时代，他们就能用土方法，测定出这天在我们北半球，白天最短，黑夜最长。照他们的说法是：阴极之至，阳气始生，日南至，日短之至，日影长之至，故曰冬至。

老祖宗们对这个节气的重视，也非同一般，他们有"冬至大如年"的说法，一直流传至今。《晋书》上载："魏晋冬至日受万国及百僚称贺……其仪亚于正旦。"说的是过冬这天的排场与讲究，仅次于过新年的。

我们这里的过冬，又有小冬、大冬之分。先一天是过小冬，后一天是过大冬。大冬是正日,家家必庆之。像一幕戏剧开演,前面先来个插科打诨的,吊足观众胃口,然后,主角才上场。

大冬圆子小冬面——这句顺口溜,淮扬一带的人,男女老幼,怕是人人都会唱。即便对过节的意识,已淡薄成一抹水雾的年轻人,也能忆起小时候,家里过冬吃汤圆的情景。大清早起来,外面滴水成冰,小小的屋子里,却蒸腾着热热的雾气。一家子围桌而坐,人人面前一碗热乎乎的汤圆。有合家团圆之好,也有祈祷来年一切圆满顺遂的意思。

也是,一过冬至,日子也就走到岁尾了,新年的脚步声,已嗒嗒响在门外。“天时人事日相催,冬至阳生春又来。”瞧瞧,人家杜先生真是个急性子的,冬才开始,他已嗅到春的味道。在这送旧迎新之际,理应狠狠庆贺才是。条件好一些的人家,还会烙糯米饼、蒸糯米团子吃。——民以食为天,一直以来,吃是最隆重的庆贺方式。

这时候,人的脾气也变得温顺,连脾气火暴的我妈,脸上也多了笑容。她一向和我奶奶不和,一个屋檐下住着的两个人,搞得像仇人似的。但在过冬那几天,却看到她们见面客客气气的,昏黄的灯光下,她们亲密地坐在一起,搓汤圆。

我们进进出出的,不知怎么快乐才好。想到明早起来,将有甜甜的汤圆可吃,这是幸福的。又看到我妈和我奶奶那么和睦亲厚,觉得眼前的事物,没一样不好了。

# 蜜蜂采花作黄蜡

　　黄昏时，我几经挣扎，还是决定出门。

　　我要去看蜡梅。

　　在我，去看花，如同去拜访一位老友，知道它好好地在着呢，心才会安。春天要拜访桃花。夏天要拜访荷花。秋天要拜访桂花。冬天嘛，自然要去问候一下蜡梅的。如果哪个冬天没有跟蜡梅见见面，那个冬天就算是白过了。

　　对，是蜡梅，不是腊梅。我多次不厌其烦地这么纠正着，它不是腊月的梅花呀，它是蜡染的花儿呢。梅花是蔷薇科李属，蜡梅呢，保持着它的正统血脉，就是蜡梅科蜡梅属。宋以前，人们更多是叫它黄梅的。飘落在南朝刘宋寿阳公主额上的那一朵黄梅，多半就是蜡梅。

　　"蜡梅"的名字被传播被叫响，得感谢两个人，一是苏东坡，一是黄庭坚。苏东坡有诗云："天工点酥作梅花，此有蜡梅禅老家。蜜蜂采花作黄蜡，取蜡为花亦其物。"苏东坡不无童真，想象着它是又甜又明艳的蜜蜡造化出来的花。黄庭坚则一本正经地介绍，"京洛间有一种花，香气似梅，花亦五出，而不能晶明，类女功捻蜡所成，京洛人因谓蜡梅"，有力支持了苏东坡的"黄蜡"之说。以他们当时在文坛的地位，蜡梅的名字想不被人知道也难。明代医药学大家李时珍大约也是受了苏东坡的启发，在他的《本草纲目》里提到蜡梅时，这样写道："此物本非梅类，因其与梅同时，香又相近，色似蜜蜡，故得此名。"

我如愿看到蜡梅，它站在樱桃粉的黄昏里，举着瘦瘦的手臂，缓缓撒着甜香，以万古长存的姿势。我心里一阵激动，花开了吗？凑近看，果真开了！虽是不多的几朵、几十朵，然它特有的甜香，足够染甜染香一方天地。

我掏出手机，顾不得冷，举着，绕着蜡梅树转啊转，我想把枝条上花儿最美的样子拍下来。

一对散步的老夫妻慢慢走来。老先生走路有些蹒跚，老太太搀着他，他们走到蜡梅树下摆着的休闲长椅旁，老太太弯腰掸掸椅子，对老先生说："你且坐这里歇一下子，闻会儿香。你闻，多香啊。"

老先生轻声应和道："是很香呢。"他抖抖索索坐下，很夸张地张大嘴，对着空气咬了一口，再次道："是很香呢。"惹得老太太扑哧笑出声来。

"给花儿拍照呢，"老太太突然冲我道，"你要中午来拍，中午它开得最好了，全张开了。现在它合上了，要睡觉了。"

我笑了："是吗，我就拍它睡觉的样子也不错。"

"中午的样子更好看。"老太太认真地强调。

许是太冷了，老先生只略略坐了坐，便要求离开。于是，老太太扶老先生起来。走时，她特地关照我："明天中午你再来拍呀。"

　　我赶紧答应："好，我一定来。"

　　我看着他们相扶相携的背影，渐渐没入暮色中，天边的云烟，堆出水墨山水的样子。她没少来此看过蜡梅吧？想到这世上多一个人爱着蜡梅，我真替蜡梅高兴。我也为她那句"明天中午你再来拍呀"而感动，明天有好看的蜡梅在等着，这明天很值得期待了。

# 明月来相照

连续的大晴天让严寒失去威力，黄昏四五点钟出门是最好的了。

这个时候，阳光的热气尚未消散，空气虽清冷着，却绵绵软软的，所遇景象皆是深冬里最纯粹、最安静的，树木呈现出最本真的样子。特别是几棵银杏树，掉得一片叶子也不剩了，它们果决地斩断过往一切荣光，让生命的脉络历历可见。我莫名地受了感动，怔怔地停在那里看。夏天，满树青绿的蓬勃是美；秋天，一身镶满"金片"的华丽是美；眼下，枝条完全赤裸何尝不是美呢？它们就这么干干净净地面对你，干净得似乎不挂一丝尘埃。干净，是美中之美啊。

月亮也是顶干净的。从它还是"少年"的时候，我就留意它了。下午三四点，它就欢蹦乱跳地爬上天空，稚气未脱的一张脸，朦胧着，饱满多汁着。天空的色彩蓝里透粉，大地上，合欢树少量枯萎的叶子粘在枝上，风轻轻摇摆它们，它们不显萎靡，反倒露出活泼来，如动感十足的雀。夕阳的金粉遍洒下来，"少年"月亮撑在合欢树的上头，"雀们"对着它喳喳闲语，仿佛久别重逢。这景象会让我看很久，活着有万般生动，这算是一种。

而眼下，月亮已然是个"青年"了，它的脸庞趋于圆润、成熟，有着果肉成熟的韵味。它越过远方的大海，跨过小城东边的通榆河，稳稳当当地走来，悬在街心公园一棵无患子的枝条顶端，像是那棵树上结出的一枚巨大的莹润的果实。那棵无患子瞬间成精了。

我举着手机对着它拍，一下，一下，又一下。思绪在脑子里迅捷搜索着，想念两句赞美它的诗，结果搜来搜去都不恰当。不是前人写月亮的诗句不好，而是前人写的是他们的月亮，我头顶上的这一个，是今时的月亮，是此时天地间唯一的一个，之前不曾有过，之后也将不会有了。它沉静，它缄默，它高冷，它平和，它珠光闪闪……再高明的镜头，也无法复制出它真正的美。罢了，我就用眼睛多记录记录吧，把它刻进记忆里。是以我一直举着手机仰着头，手快冻僵了也不在意。

一个人跑步，路过我，看我一眼，继续跑他的步。一圈跑完，又路过我，见我姿势没变，他大概好奇了，顺着我举手仰头的方向看过去，脚步明显顿了顿，再顿了顿，这个月亮，一定闯进他心里去了。对他而言，这真是个好大的意外啊，他照见了美。或者这么说吧，他被美照见了。这个寻常的夜晚，变得很不一样了。

# 南山有台

　　我八十岁的老父亲回忆从前，对一碗面条念念不忘。他说："那是我吃过的最好吃的面条了，你不晓得有多好吃，我一辈子再也没吃过那么好吃的面条了。"

　　那是他过十岁生日时吃的一碗面。彼时家里穷困，糊口也难，哪里还有闲情过生日？我的祖父祖母都不曾留意他的生日，或许留意了，却有心无力。是他的祖母——我那未曾谋面的老太，不知从哪里弄到一碗面粉，拄着拐，迈着三寸金莲的小碎步，从村东头她住的小屋里，一步一步走了来，把那碗面粉交到他母亲手里，嘱她擀碗面条。"今儿个我小孙儿十岁生日呢，得好好吃碗长寿面，以后会长命百岁的。"祖母的手，摩挲着他的头顶，手心的温暖，一路滑行，直抵他心上。多年后，我的老父亲十分遗憾地说："我没报到我奶奶的恩，我十岁生日刚过不久，她便死了。"

　　我的记忆里，过生日是件相当隆重的事，尤其是给上了年纪的人过生日，是要大贺特贺的，比如，过六十大寿、七十大寿、八十大寿。过生日的人家在好几天前，就要为庆寿的事忙活开了。有姑娘出嫁了的，那姑娘铁定要回娘家来，做了寿桃，买了鞭炮、鱼肉和长寿面，备了香烛，还要请幅"寿星老儿"。这个神话中的小老头儿，因他主寿，民间认为供奉这位大神，便可使人长命百岁。年画上出镜率最高的人物，非他莫属。这小老头长得身矮头长，脑门高耸，像顶着一个大肉球。又白发飘髯，一手持拐，一手托一只红艳艳的仙桃，仙气飘飘，辨识度相当高。我们小孩子从小就认得他，乡下人家，谁家土墙上不挂一幅有他老人家坐镇的年画？做寿的人家是必得请他到场。寿宴摆下这天，先要把他老人家在香案上端端正正摆放好了，接受香火、果品、佳肴、面条的供奉。当日的寿星，也在香案前落座，他的子子孙孙一个接一个上前拜寿，嘴里说些祝福的吉祥话，诸如寿比南山、万寿无疆之类的。等这一拨仪式做完了，宴席才正式开始。

《诗经》里《南山有台》里的这场寿宴，排场更是不小。这位寿星的身份相当不一般，不是王室成员，至少也是个公卿类的人物。和他往来的，也必是些有头有脸的贵族。可以想见，为办这场寿宴所准备的美酒佳肴，定是丰盛的。寿宴前的祭祀，定是隆重的。摆下寿宴这日，宾客盈门，笑语喧喧，好一番热闹景象。

我们且来听听诸位前来祝寿的亲朋好友，向神灵和这位寿星唱出的祝福歌：

南山有台，北山有莱。乐只君子，邦家之基。乐只
君子，万寿无期。

南山有桑，北山有杨。乐只君子，邦家之光。乐只

君子，万寿无疆。

    南山有杞，北山有李。乐只君子，民之父母。乐只
君子，德音不已。

    南山有栲，北山有杻。乐只君子，遐不眉寿。乐只
君子，德音是茂。

    南山有枸，北山有楰。乐只君子，遐不黄耇。乐只
君子，保艾尔后。

    这样的祝福，比起我们今天一句直白的"祝你生日快乐"多了宛转悠扬，多了草木的蓊郁和清香，洞见天地的广阔和无限。——我要祝福贤能的您，为国立根基的您，为国争荣光的您，人们所爱戴的您，美名永驻，活得像南山和北山上的草木一样久久长长，连同您的子子孙孙，也必得神灵护佑。

    为了给他祝寿，南山和北山上几乎所有的植物都跑来了：台、莱、桑、杨、杞、李、栲、杻、枸、楰，它们当他是自然的一分子。它们至今还在我们身边蓬蓬勃勃着，名字分别叫莎草、灰菜、桑树、杨树、枸杞、李树、山樗、檍树、枳椇、苦楸。当你路过它们，请一定要放缓你的脚步，也许，你能从一片叶子、一枚果子身上，窥视到人类的从前。那里，有你，有我，有活色生香的烟火人生。

# 第二辑
# 白云朵，开满窗

　　相爱的人，请拥抱得更紧一些。仇恨的人，请放下仇恨，转而去爱花爱草爱天空爱大地爱这个世界。我们只有在相爱里，才能体会到活着的真滋味。

# 白云朵，开满窗

春天的时候，小弟兴冲冲扛了两棵桂花树回去，栽在老家屋前。爸当时还能撑着小推车的扶手，在门前站上一小会儿。小弟挖坑栽树，他在一旁指点，诸如再往边上移移、再往中间挪点之类的。两棵桂花树端端正正站在屋门前了，像陡然间家里增添了两个人，自有着一份热闹，哪怕它们只是沉静着的。小弟高兴地说，爸，等秋天桂花开了，可香了。爸一定也是这么想的，他的脸上荡漾着笑。对生活有所期盼、有所等待，是我们坚定不移活下来的最大理由。

而在之前的一个春天，我扛回了六棵桃树，一并栽在老家屋后的河边。爸那时虽行走困难，但他还是能够独自走到河边，看他的孩子栽树的。桃树栽好了，我无限诗意地说，爸，等桃树开花了，这里将是一片花海了。然后，你就搬张凳子，坐在树下，一会儿看花，一会儿还是看花，看岸上的花、河里的花。爸识字断文的，当然懂我的话，他呵呵笑得好开心。

转眼一年过去，桃花真的开花了，爸已不能独自走到河边去了。爸大多数时候是半躺半坐在床上的。朝北的一扇窗，对着河边，可以望见其中一两棵桃树的吧？爸的时光被冻结着，那摇曳的树影，是不是给他带去一点点安慰？我等着桃子挂果，然后我们回家摘桃，拣大个儿的给爸吃。

　　新栽下的桃树，三年才挂果的。爸没有等到它们挂果。而小弟栽下的桂花树，现下已开花了。只是，爸也闻不到了。

　　我们回家，给独居的我妈做饭吃。桂花在门前放着香。地里的稻子染上金黄。靠路边的两棵柿子树上挂满了橙红的柿子。天空湛蓝，白云朵开满我妈的玻璃窗。村子里的狗都跑到我家来集中，猫也是，因为我给它们吃的。沉寂的房子，霎时间填满了喧闹。妈突然说，要是你爸在，见到你们都回来，他多高兴啊，他就喜欢热闹。

　　我没有回避这个话题，我说，爸现在也高兴着呢，他在天上看着的，我们早晚都要去跟他再见面的。你看，村子里那么多熟人都在那边，他在那边也不寂寞。

　　也真的是这样，从村东头，到村西头，我熟悉的那些长辈，所剩无几。甚至我的同龄人，也去了一两个了。妈同意我的说法，她顺了一把柴火到锅膛里，把火烧得旺旺的，锅里的油立即发出滋滋的声响。眼下做饭才是最要紧的事。

　　我们都渐渐接受了"爸走了"这个事实，包括我妈。无人能赢得对抗衰老和死亡战争的胜利，那么，我们只有选择妥协。在活着的时候，尽情地好好地活。你看，九月走了，十月来了。十月多好，它是响当当的，是哗啦啦的，是热情奔放的，是铺张奢靡的，满把的金，满把的赤红和橙黄，满把软甜的香，满把的碧云浪荡……把你给淹没了。它把四季的积蓄一股脑倾倒出来，再不要细水长流，再不要矜持隐忍。你会原宥它的放荡、它的奢靡，因为它做着真实的自己。你也很想像它一样，痛快一回，无论是哭还是笑。人生只要一刻，哪怕只是一小刻的放飞自我，也是种补偿吧。

眼下桂花正开着，我们就痛痛快快享用这甜香吧。明年的桃会结出来，就让我们在等待里，抹上一层蜜吧。相爱的人，请拥抱得更紧一些。仇恨的人，请放下仇恨，转而去爱花爱草爱天空爱大地爱这个世界。我们只有在相爱里，才能体会到活着的真滋味。

# 要快乐啊

我经常被一些小读者索要寄语，他们捧着他们的课本或是练习簿，很急迫地希望我给他们写下两句励志的话，比如"以梦为马，不负韶华""青春稍纵即逝，要抓紧啊"之类的。有时更是明确要求道，老师，你就给我写下"加油"二字。我看着他们稚嫩的脸庞，听到他们血管里的热血超乎寻常地响亮地流着，响亮得让我心惊，我说，不，不，好孩子，我们首要的，还是快乐，每天看着"加油"二字，你会很累的。我提笔写下："要快乐啊。"

我不是不鼓励孩子们要加油，不是不鼓励孩子们要奋发向上，可若把"加油"二字高悬于头顶，生命每一时每一刻都得不到放松，这便很可怕了。人生的弦不能绷得太紧，太紧了会崩断的。我们要留点缝隙，留点余地，让生命得以自由舒展，这样才能弹出细水长流。活着，不要那么拼命和咬牙切齿，而是要多些平和和缓慢，让每一寸光阴，都有着扎扎实实的喜悦。如一方暖阳，缓缓地爬过一丛菊花去，生命呈现出它应有的暖意和美好。

是的，要快乐啊。草长花开，月升星起，风来雨落，烟火飘香……这一切，都能成为我们快乐的源。因为快乐，你才更爱这个世界。因为更爱这个世界，你才希望自己变得更好。于是，不懈怠，不抱怨，不愤懑，不灰心，即使不幸身陷低谷，也能找到向上攀爬的勇气。快乐，才是人生最大的原动力。

我希望每一个人都是快乐的，尤其是孩子。他们的人生路还很长很长，如果从小就不懂快乐，只一味沦陷于"加油"之中，让自己形同一架机器，那他们这一辈子注定是无趣的、苍白的。只有学会快乐，他们才能更好地融入生活，融入学习，身心皆得到健康成长。要快乐啊，我的朋友，人生最大的财富就是快乐。无论你身居庙堂，还是处于市井阡陌之中，你发自内心的快乐，才是这个世界上最明亮的光。

我想起从前在乡下，农闲时节，乡村土路上不时出现收鸡毛、鸭毛、鹅毛的男人，大多数是中年男人。他们的生活多半是困窘的，面皮黝黑，身材瘦削，衣着灰不拉叽的。然他们的神情却是飞扬的，骑着辆嘎嘎作响的破自行车，把车铃摇得叮当响，一串一串的铃声，白花花的阳光般的，洒落下来。他们唱歌似的吆喝响彻四野："可有鸡毛鸭毛鹅毛——老——婆卖耶？"每吆喝到"鹅毛"那儿，他们有意把声调扬上去，拖长了音，顿一顿，再慢悠悠吐出"老婆"二字，又诙谐又搞笑。那份快乐感染着整个村庄，大家哄笑着追着他们叫骂："哟，你还买老婆呀，你买得起吗？"一边提了家里平时积攒的鸡毛、鸭毛、鹅毛送去。笑声叠着笑声，如浪花四下里飞溅。那样的快乐光芒万丈，一直照耀到我的今天。

# 恰　好

　　黄昏时，去沿河风光带散步，一边看着夕阳落，一边看着星星起。

　　河里有船只"突突"而过，惹得水浪"哐哐"作响。这个时候，我总忍不住要冲着那远行的船只喊："船长，带我走——"打小的印象，去远方是要坐着船去的。

　　有人骑车过来，车上放着钓具，这人拨开树丛，走向水边。他是准备夜钓的。据说鱼在夜里会变得很蠢，糊里糊涂就上了钓钩。

　　河岸边柳树上的叶子，不少已染上黄了，在绿里头黄着。一旁的林子里，枫树、栾树和银杏，还有榆树，都开始浓妆艳抹起来，秋的舞台早已搭好，它们就要登台做最后的告别演出了。风似乎有些惆怅，它慢慢吹啊吹，气息好长，吹落一片叶子，又吹落一片叶子。木芙蓉还在开花，好像这一切它都不放在心上，它只尽心尽力做着自己的事情。

秋蝉在哪棵树上，突然"吱——"的一声，吓我一跳。我站着听，它的叫声到底怯弱了许多，惶惶的。虽是惶惶着，然还在竭力歌唱。时光的流沙，在它的每一声里隐着——与其伤感，不如歌唱吧。

一老者持一管笛子，坐在海棠树下的石凳上吹。吹的是首《草原之夜》，吹得断断续续的，不算好听。可是又怎样，老者沉醉于他的吹奏。他头顶上海棠的叶子掉得快，都快掉光了。但一树一人一石凳，这样的画面，还是叫我心动了又心动。

我心里又漫涌出一个词来，爱。是啊，我爱。有没有比这更好的景致？有没有比这更好的人？我信，有。但我要的，是这个恰好。在合适的地点、合适的时间里遇见，没有别的选项了，只有这一个。这样的天，这样的地，这样的水，这样的树，这样的人，于我而言，都是恰恰好。

人世间为什么会有那么多纠缠、不甘和失落？只是因为，总在固执地寻找更好，而不知道自己拥有的，是恰恰好啊。

# 新生的喜悦

　　小时，家人们爱早起，从祖父母，到父母，以及叔叔姑姑们。春有春耕催着。秋有秋收紧着。夏天呢，更要早早起床，趁着早凉到地里多干会儿活儿，一个早晨的劳动效率，有时顶得上大半个白天呢。我们小孩子也不例外，是要被轰去地里捉虫子的。

　　那时，庄稼生了虫子，都靠徒手去捉。田里长了杂草，全靠锄头去锄。农药和除草剂虽然也有，但用得极少，一是经济条件不允许，毕竟这些东西都要拿钱去买，是一笔不小的开支，能省则省。二是人们极不愿意打农药。打过农药的东西，人哪里能放心吃呢？那时人们的思想还挺单一挺朴素的，他们活得就像古代民谣里所唱的那样："日出而作，日入而息。凿井而饮，耕田而食。"日子虽贫瘠虽艰辛，却自有着一份逍遥自在，每天都能与星星一起睡去，与太阳一同醒来，一副天长地久的好模样。

　　我和我姐没少被早早地捉起来。有时正做着美梦呢，祖母的声音尖尖地在房间里回荡："快起来，趁着早凉去捉虫子。"那时，

70

天才蒙蒙亮。我睡眼惺忪地往棉花地里走去，一脚高一脚低的。一阵清凉的风迎面扑过来，猛地灌了我两大口，新鲜清香的气息，顺着我的喉咙，一直贯穿到我的肺腑。我打了个清脆的喷嚏，一下子清醒了。抬眼望去，一个天地都散发着软嫩鹅黄的新意。天空幽幽的靛蓝上，仿佛也沾染着露，又鲜洁又可爱。棉田里的棉花沾露即开，白一朵，黄一朵，红一朵，盈盈粉粉，笑意团团。瞌睡一下子跑了，小小的心莫名地高兴起来，一头钻进棉田里去，也变成一株开着白花、黄花、红花的棉花了。

也是从那时起，我热爱上清晨，养成早起的习惯。我常常一边读书，一边等着"天门"一点点打开。那是极有意思的一个过程，像是谁摸黑起床，划亮一根火柴，被关在"天门"内的光和色彩，便丝丝缕缕泄露出来，四下里游走。我想，这个时候，一定有潺潺湲湲之声响起，那是光和色彩流动的声音。

然后，晨光渐起，窗外的景色由模糊逐渐变得清晰，远处的树，近处的房屋，都被光擦亮。天边的色彩也开始丰富起来，你这边不过才眨了一下眼，它那边已从一身浅粉，摇身变为一身橘黄。你再眨一下眼，天边已染上一片婴儿红。我往往按捺不住激动，总要跑到窗口去看，一块鲜艳的"红地毯"在天边缓缓铺开，众仙就位，要为初升的太阳庆生——又一个盛大崭新的日子开启了。这时，眼里所见的一切都是欣欣然的，都是尘世初相见的模样，声音、气息、颜色，都是。众鸟喧哗，新生的喜悦，遍布世间的角角落落。

# 开在悬崖上的点地梅

六月里去贵州的梵净山，山上的植被最是葱茏，众鸟喧哗，每一寸空气都是翠绿的、清新的、活泼的，山光明净自不必说，最让我难忘的，是那丛绽放于悬崖之巅的花朵。

那是一大丛点地梅。花朵洁白，远观去，如同洒满了小雪花，又像在崖顶上摊开了一条素白的花头巾。由于悬崖太陡，下临万丈深渊，我近它们身不得，只能把相机镜头尽可能地拉近、再拉近。一朵朵小花簇拥到我的相机屏幕上，它们一律伸着纤细的脖颈，朝着天空，五瓣裂开，黄蕊素颜，微笑宴宴。

我等着，看有没有蝴蝶飞过去，哪怕飞过去一只野蜂也成，好为它们的盛开鼓掌，顺带帮着传播花粉，使它们能够子孙繁盛。我等了很久，却没有见到一只——这么高的山上，蝴蝶不到，野蜂不到。后来我查阅资料得知，点地梅是可以靠自播繁殖的。在它完全孤立无援时，它努力实现自救，牢牢守住身下的一抔土，抓住路过的一缕风，这才有了灿然绽放，这才有了子孙绵延。

我很想深入这丛点地梅的内心。当它不幸降落于悬崖之上，无所依傍，它一定明了，只有靠自身的强大，才能抵御疾风暴雨，才能熬过孤独清冷。它生为弱者并不自卑，不怨天尤人，不自暴自弃，而是默默积蓄力量，努力强身健体。从上一年的八月底，一直到来年的六月，蛰伏隐忍，度过漫长的十一个月，这其中遇到狂风肆虐，遇到冰雪侵蚀，但最终，它胜利了，完成了它的重生和盛放。

　　我想起少年时在乡下，有一户张姓人家，夫妻两个都是矮小、瘦弱又笨拙的，干活从来干不过别人。他们的儿子，那时四五岁的年纪，整日里拖着一行鼻涕，浑身脏兮兮的，在一群聪明伶俐的孩子里，如同一只丑小鸭。村里人谁都瞧不上他们一家，认定这孩子，将来也是废物一个。谁知这孩子上学之后，人生竟一路开挂，考上名牌大学，毕业后，好多家大公司争着要他，他最后选择留在上海。原先优越于他的那些孩子，被他远远甩在身后。我爸有次跟我聊到他，说他现在可有本事喽，娘老子都享了他的福，被他接去上海住了。

　　自然界的万千生物，经过亿万年的优胜劣汰，能够生存下来的，无一不是靠自身的强大。对于一丛点地梅来说是如此，对于我们人类来说，亦是如此。只要做到自我强大，即使身处崖端，也能开出花来。

# 众中少语，无事早归

一

下了一天两夜的雨，天气仍没有转好的迹象。午后的天，越发阴沉起来，好似憋着一肚子的火气。我翻看天气预报，明天多云，后天多云。我失笑了，老天这是在虚张声势啊，吓唬谁呢！

且不去管它。时间自会摆平一切的，我只要静等着就好了，明晚，我还是可以看到一个亮亮的月亮的。

我偏爱冬天的月亮。

在我童年的记忆里，它是个活物，立体的、生动的。

冬天的乡村，四下望去，都是无遮挡的，田野寥廓，房舍简单。月亮夜，我跟着大人去半里外的河里取水。那时，村里家家都有一口大水缸，每天晚上把缸挑满水，全家人一天的吃喝洗漱，都靠这一缸水了。月亮一身雪白地跟着我们，我们走上田间小路，它也走上田间小路。我们走到河边，它也走到河边。它就像是谁家养的一只小白羊或是小白猫，又乖巧又活泼。这在一个孩子的眼里，是很值得惊异的事情。我总是呆呆望着，天地间剩下的唯一色彩，就是月亮的那一身雪白。这也是至今我依然喜欢洁净事物的原因之一吧。

# 二

很容易被一些小事件打动。

比如，一束光倾注到一只苹果身上。

苹果似乎有了心跳，且心跳明显加快，很快澎湃起来，仿佛就要开口欢唱了。我着迷地望了好久，望得喜悦极了。

比如，看一盆满天星和一盆虎刺梅。它们又新冒出几朵花了，我很开心，忍不住对它们说，我喜欢你们这么好看，谢谢你们这么努力地开着花。

满天星是我花十块钱买的，都开了好几个月了。虎刺梅是我从西双版纳带回来的，一年四季都举着些小红花，喜气洋洋的。我有时会把它们靠在一起，让它们说说话。有时呢，会让它们隔着一张桌子的距离，彼此张望。距离产生美嘛，得让它们有思念的空间。

花草的美好，在于它们只专注于做自己的事情。它们是我的一面镜子，引导我，走向我自己。一生短暂，一个人能使自己成为自己，比什么都重要。

# 三

闲看一些书，被一宋代瓷枕上的题字吸引住了，再三咀嚼，浮想联翩。

上面只有短短八个字："众中少语，无事早归。"

刻下这八个字的人，他活着的姿态，真是太潇洒太飘逸了。熙熙攘攘人头攒动处不必找他，他早已归去，在自己的一隅，独享着属于他的清宁。

窗里白云，桌上清供，那是他的好世界。

# 一瓶月光

　　朋友乔迁新居，热忱地一再邀我去玩，于是，一个周末，我带了一束鲜花登门。

　　抢先打开门的，是朋友五岁的小女儿。小姑娘活泼可爱，是个人精，已能独立诵读童话故事，背下不少古诗词。她跟我玩诗词接龙，小嘴吧啦吧啦，一出口就是一串儿，幸好这些我还能应对。很快，她便跟我熟络起来。

　　"你想不想看我的百宝箱?"小姑娘忽然歪着小脑袋，冲我眨巴着水汪汪的大眼睛。

　　"想呀。你还有百宝箱呀? 我都没有呢。"我打趣她。

　　小姑娘得意地嘻嘻笑着，把我拉去她的卧室。卧室的天花板，被朋友用心地布置成星空的样子，很有童话色彩。

　　小姑娘打开床头柜，从中捧出一个方形木盒子，木盒子是上了锁的。"这就是我的百宝箱哟。"她让我先转过身去，等她开了锁再看。她的这份小心珍重，惹我发笑，我猜想里面的东西，左不过是朋友买给她的较贵重些的玩具。

"哈，你可以看啦。"她一声欢呼，打开她的木盒子。

我定睛看去，大感意外，她藏着的"宝贝"真叫五花八门：一根黑色带了黄斑纹的羽毛，一颗白色的鹅卵石，几颗彩色的小贝壳，一个蚕茧，一只竹篾编的小蚂蚱，还有只小玻璃瓶。

小姑娘一一介绍：羽毛是在哪个公园里捡到的；鹅卵石是在哪条小溪边拾到的；小贝壳的记忆就太丰富了，那一天，她和妈妈是坐了快艇，到大海里的一个岛上去了，岛上有许多贝壳，五颜六色的；蚕茧呢，是她亲自养的蚕结出来的呢，她养了五条蚕，死掉四条，只结出这么一只茧子；竹篾编的小蚂蚱是她去乡下玩，乡下的一个老爷爷编了送给她的。

"你知道这个瓶子里装的是什么吗？"她举起空空的小玻璃瓶，考我。

"是雁荡山的月光呀。"未等我回答，小姑娘已咯咯笑着，迫不及待说出答案，神气地晃着她的小脑袋。

夏天的时候，朋友带小姑娘去雁荡山。恰逢月圆之夜，游客都上山去看月下的山峰，朋友和小姑娘也去了。那晚的月光真是黏稠，汩汩地倒下来，所有的山峰都活了，有的似猴子跳跃，有的似老虎扑腾，有的似老僧带着小童打坐念禅……大家看呆了。小姑娘突然问朋友要刚喝掉酸奶的空玻璃瓶，朋友疑惑地从包里掏出来给她。小姑娘冲着月亮，很认真地举着，说要装一瓶子雁荡山的月光带回家。

"这不，这空瓶子我几次想帮她扔掉，她不肯，还藏进了她的百宝箱。小孩子嘛，天真着呢，总拿这些无用之物当宝贝。"朋友笑着摇摇头说。

　　我却着着实实被小姑娘的百宝箱感动到了，谁的年少不曾有过这样的百宝箱？火花、糖纸、贴纸、弹珠、瓦片、树叶子等等，那些在旁人看起来轻若烟尘的事物，都曾被当作宝贝，收进百宝箱里，多少年少的时光，皆因这些宝贝的陪伴，而饱满葱茏，熠熠生辉。

　　"它们当然是宝贝，且是无价之宝。"我对朋友说。

　　许多看起来"毫无用处"的事物中，是藏着成长的秘笈的——对美的感知、对万物的热爱，还有那颗珍贵的赤子之心。

# 葛生蒙楚

我爸终入土为安了。

一个月前，他因病发作，突然离世。按吾乡风俗，下葬得看日子，不能随随便便就破土的。于是我弟请了阴阳先生来看，定下日子。在此之前，我爸的棺椁一直摆在老家堂屋里，我看见，老觉不安，似乎我爸被悬在空中，得不到安宁。当系棺椁的绳索，从一个大坑里抽出来，当一抔一抔的黄土，填满大坑，我爸终于安睡在泥土里了。他会像一棵植物似的，待来年的春风吹上一吹，便会从土里钻出来吧。长几片叶子，开一朵小花。这么一想，我没有悲伤。

我妈却不这么想。自从我爸走后，她时不时地要掉眼泪。她看着我爸下葬，悲痛难抑，她说，这下子，我再也看不到你爸了。我劝解她，人总有这么一天的，你们终有再见面的时候。我爸走了，对他而言，也是解脱，他再也不用忍受病痛之苦，说不定现在已经到了天堂，正享受着幸福生活呢。

我妈愣愣地点点头，认为我说得有道理。但过后，她又陷入失去我爸的痛苦中。你爸一个人在那边啊，那地下多冷啊，她泪流不止。我一时语塞，全身无力。都说少年夫妻老来伴，失去伴了，从此天地间，她只是一只孤雁。以后的"夏之日，冬之夜……冬之夜，夏之日"，她"望庐思其人，入室想所历"，时光漫长，每一滴都是孑然的疼痛。那切肤的感觉，旁的人，哪怕是亲近之人，又能体察几分？

人类从来如此，走到最后，难免走成孤独。人生而孤独，这是注定的命运吧。正如几千年前《葛生》里的妇人，她也曾眼中有光，日子里有琴瑟相合。可是，她的至爱，没能陪她走到最后，她成了一只孤雁。抵不住思念的痛，她跑去他的坟头哀鸣：

> 葛生蒙楚，蔹蔓于野。予美亡此，谁与？独处。
> 葛生蒙棘，蔹蔓于域。予美亡此，谁与？独息。
> 角枕粲兮，锦衾烂兮。予美亡此，谁与？独旦。

"荏苒冬春谢，寒暑忽流易"，妇人再次来到这坟地，是又一年的事了。春已深，坟前的葛藤茂茂密密，缠绕在一丛丛黄荆和酸枣树上。坟上爬满了白蔹，坟头都看不到了。此时坟地的景象，与周边世界的景象有着强烈的反差，这里荒草萋萋、悲凉清冷，那里春日迟迟、暖阳高照。冰与火的交织，把妇人的悲情，推至高潮。诗中无泪无血，却每个字都是泪，都是血。"予美亡此，谁与？"她一遍一遍追问，向着萋萋的荒草问，向着路过的清风问，向着高远的天空问：我亲爱的人葬在这里，谁和他在一起？

她当然清楚着那个答案——没有谁和他一起，他只是一个人躺在这儿。她记得他下葬时，枕着鲜亮的角枕，盖着灿烂的锦被。如今，那角枕还鲜亮着吗？那锦被有没有破损？一想到他独自躺着，枕冷衾寒，她就疼得犹如万箭穿心。太可怜了，我亲爱的人他只能"独处""独息""独旦"。她太想抱抱他，给他足够的温暖，陪他一起从黑暗到天亮。这个时候，她忘掉自己的孤单，反过来，心疼他的孤单。情感的强烈，是让人奋不顾身的。

　　我想起曾看到的一则新闻，一个老人每天清早带着干粮，爬上一座山去，在半山腰的坟地里，给死去的老伴读书，一读就是一整天。他老伴在生前最喜欢听他读书，老伴死了后，他把她的喜欢延续下来，坚持数年不变，风雨无阻。他以这种方式陪着她、爱着她，时空也不能将他们真正分开。

　　这世上，哪里有真正的消失和别离呢？相爱的人，总会以另一种方式继续爱着。相逢的人，终会再次相逢：

　　　　百岁之后，归于其居。
　　　　……
　　　　百岁之后，归于其室。

　　这里的妇人，心中燃着不灭的希望，她自己救赎了自己。度过漫漫的夏日，度过漫漫的冬夜，百年之后，亲爱的人，我终将抵达你，和你躺在一起，再也没有一刻的分离。

　　这样的结局，堪称完美。

　　我们最后都将拥抱完美。所以，生命没有遗憾。

# 草里面的武士

蓟这个字很有意思，是草丛里来了一条挎着大刀的鱼。

蓟也确实挎着"刀"的。无论是大蓟，还是小蓟，叶子上都密布着刺，如小兽的利齿。蓟是草里面的武士。

蓟有两兄弟，大蓟和小蓟。相貌极其相像，看上去像是孪生的。人常混淆它们，把大哥喊成小弟，把小弟叫作大哥。不过熟悉它们的人，还是能一眼分辨出的：大蓟个儿高，茎粗，身子壮实，髓部松，叶皱褶，上面的刺长而尖锐；小蓟个头要小一号，茎细，身子纤弱，髓部小，叶不皱褶，上面的刺短而稍软。这两兄弟一强一弱，相配得当。

蓟是地里面常见的野草之一，吾乡人称之刺艾或刺儿菜。家里养的猪和羊，都爱吃它。在它未开花前，口感似乎很不错，从猪和羊埋头大吃的情景中，可以推测得出来。虽然采这类草手上有刺刺的感觉，很不舒服，但我们还是兴高采烈地采了一篮又一篮。那时只晓得猪能吃、羊能吃，不知道人也能吃，且是种滋味很不错的野菜。有一年的五月，我去东北，那会儿，山上的野菜正新嫩着。当地朋友带我去采，采得最多的，就是蓟。我惊讶得不得了，我说这也能吃？我们那儿都是用来喂猪的呀。朋友听了，连呼可惜。晚餐桌上，我们采来的小蓟被洗洗淘淘，端上了桌，拿面皮包了，蘸上熬好的酱汁，塞进嘴里，嚼一口，哇，那滋味，又苦又甘，又清嫩又清香，竟是没办法形容了。

蓟若开花了，就老了，上面的刺坚硬起来，如同浑身长满刺的刺猬。羊也不吃猪也不吃了，我们也不再去碰它。然它的花朵又实在是动人的，别具一格得很，尽显"武士"温柔玲珑的一面，颇令人意外。每一朵花都面朝天空，盘踞在茎上，远观去，很像女人挽的一个髻。近处瞅着，又似毛线扎成的一个绒球球。颜色是十分明媚温柔的玫紫，女孩子可直接拿它挂在包包或帽子上做装饰。

蓟能止血，这是我小时从实践中获知的。小时常跟镰刀为伍，割猪草、羊草要用镰刀，割麦子、水稻要用镰刀，割破手指也便成了家常便饭。眼见着指头上血流如注，也不担心，采一两片蓟的叶子，放嘴里嚼碎了，敷在伤口上，一会儿血就止住了。现在每回见到蓟草，总能让我想起许多的往事。蓟还是少年的蓟，人却不是少年的那一个了。

# 时间是枚小小的银针

夏天到了最后一个节气——大暑，夏天也就快过去了。

不久前好像还是奶孩子的我的侄儿小丁丁，在这个夏天，已正式成为一名大学生了。

时间是枚小小的银针，人生不过是一指窄窄的布条，实在不经缝。缝着缝着，上面就爬满了针脚。还余多少缝隙呢？有限得很了。你且尽量用愉悦、用平和、用自在填补吧。

我的日子没多大变化，还是习惯早睡早起。早起时先开窗，天光哗啦一下涌进来。我总要傻乎乎地呆立一会儿，看看色彩鲜艳的天空，看看楼下的树，看看对面的人家，都在呢，挺好的。我再探头看看隔壁书房窗台上的花，一夜好睡，虎刺梅还是那样精神，吊兰还是那么蓊郁，斑叶竹节秋海棠还是一副贤惠懂事的模样，真叫我高兴。

我在心里向它们道过早安，洗把脸，走进书房，开始我的晨读。

上午的时光，也多半用来读书。当下读书甚是合宜，可以就着窗外的蝉鸣读。蝉的奉献精神无人能比，它是要把胸腔里最后一个音符吐尽才肯作罢的。我读的每一个字，也就成了一个个跳动的音符。

对的，我每天都要花一些时间来重新认字。

读了这么多年书，写了这么多年文章，有些字还是认不全，不是读音不对，就是意思混沌，不知出处，始觉自己知识的贫乏。我决心重头来学，求求甚解。字的天地太阔大、太肥美了，你掉进去，绝对能挖到宝。我有时大半天也就学习了一个字，却挖出了一堆宝贝。一个字与另一个字相遇，就组成了一个词。有时两个字的遇见，简直像奇迹。你念念，再念念，唇齿都是香的，心会被一个词缠绵得柔肠百结。

下午的时光，我用来写两行字。不定写什么。或许是一段对话。或许是一些感想。或许是一个小故事。或许是一小篇童话。挺喜欢童话的，每个生灵都拥有思想。

偶尔的，我也会用彩铅乱画一幅小画，或做做手工，比如把矿泉水瓶裁裁剪剪，做成一个小花器，剪一截绿萝插进去。有时也追追电视剧，爱看古装剧，我不去管情节如何，只要人物美、山水美、服饰美，养了我的眼，就可以了。

我把这些，统称为小美好。

到黄昏，我的心雀跃起来，我要出门了。新入手一辆小单车，我对它正热乎着，骑着它东逛西逛。

我的骑行路线很少固定，每每出了小区大门，总是心血来潮临时起意决定去某个方向，我喜欢走一些从未走过或很少走过的路，这就有了探险猎奇的意味。路边遇到的花草虽是常见的，可对我来说，有了不一样的感觉。遇到的人更是不用说了，我想对每一个陌生人微笑。

有时途中会遇到来搭讪的人。比如有那么一天，我正骑着车享受着绿幽幽的风呢，天边的色彩有些惊呆了我，落日像融化的冰激淋。一骑电动车的女子突然从后面追上我，欣赏着我的小单车，问，哪里买的？我告诉了她。她说，怪不得，东台没见有卖。她问，好骑吗？我说，当然好啊，脚头很轻的。她说，真想买一辆呢。我建议她，网上有这家专卖店的，你在网上购买也一样。她说，是吗，那我一定要去看看，它是什么牌子的？我一个字一个字组了词说给她听，我问，记住了吗？她重复了一下这个牌子的名字，说，记住了。又说，我真的想买呢，我骑电瓶车都胖了六斤了，就想买辆这样的车骑骑。忽然，她恍然大悟一般看着我，问，你也是用来减肥的吧？我支支吾吾一番，笑了。她再次打量我，上上下下，然后，她下结论了，你不胖，看来你踏车子起到效果了，我也得买辆车骑骑了。嗯，得买，得立即买，她对着前方延展的路，重重点了点头。

她走后，我立在原地，独自笑了很久。抬头看天，天真好看，云彩扯开风帆，就要远航去了。落日——那块融化的"冰激凌"，泛着糖稀的光泽，我真想挖一勺来尝。

还有一次，几个在路边绿化带里拔草的妇人，看见我骑着小单车，晃晃悠悠过来，都看稀奇一样看着，说，哎，一个骑自行车的哎。我笑着接口道，是哎，骑自行车哎。你是锻炼身体的吧？她们问。我没有纠正她们，而是顺着她们的话答，是哎，锻炼身体哎。她们笑了。一大棵紫薇，在她们身后轰轰烈烈开着。

凡此种种，皆是很有趣的。

　　路上也总能遇到让我为之心动且久久回味的好景致，树木花草自不必说了，鸟雀虫鸣也不必说了（在空旷少人处，鸟雀虫鸣的声音都很壮硕），我还遇到了古意森森的一座桥。它是属于一个村庄的。隔着一水相望，它谦卑地弯着腰，一手接着人家，一手接着田地，整个桥身被绿树绿草掩映覆盖了。最赞的是它投身于水中的影子，那样的眉清目秀、清澈洁净，与它的真身合成圆满。

　　那座桥存在多少年了？它收留过多少足迹？它把多少残缺的故事一一捡拾，最后拼成圆满？我找不到答案。正因找不到答案，它才常常被我想起，成了我心中无可取代的风景。

# 开在校园里的茄子花

七月，我应邀去沈阳一所中学校园做讲座。

校园坐落在城区，挤在密匝匝的楼房和街道中间，面积袖珍，也就容纳了几幢教学楼，外加一个操场，却见缝插针地长着许多花草树木，一派鸟语花香，生生在闹市里，辟出一块"桃花源"。

师生们都有着植物般清新的模样，他们自豪地领我参观他们的校园，油松、紫叶李、丁香、银杏、皂角、梓树、木槿等花木一一看过来，就到了小巧玲珑的玫瑰园和绣球园。七月的晴空下，各色的玫瑰花竞相绽放，很是招人。蓝色的绣球花尚有一簇在开着，绚丽烂漫。旁边还有个小园子，居然栽着一行一行的茄子，花期正盛，一朵朵紫色的小花，在茎叶间低垂着小脑袋，羞怯怯的，美好得仿若一段古老的歌谣。

"茄子开花了呀。"我脱口而出。惊喜之情，溢于言表。

对茄子花，我是一点儿也不陌生的。小时在乡下，家家都种茄子。夏天的主打菜，就是茄子，蒸熟了，凉拌了吃，或切成丝，炒着吃，都是极下饭的。倘若切成块，抓一把咸菜投进去，就能做出一锅的茄子汤，一大家子围桌而坐，人人都喝得心满意足的。

有茄子，自然少不了茄子花。也不知是夏夜哪一滴露水的点化，清晨起来，只见门口菜园子里的茄子们身上，都倒挂着一朵朵紫色小花，像多出无数双眼睛，懵懂、天真地冲着这个尘世眨呀眨的。

茄子开花，能从七月初，开到十月底。这朵息了，那朵又悄悄开了，兢兢业业，前赴后继。我们一整个夏天，加上大半个秋天，便都能吃上茄子了。那些清汤寡水的日子，因茄子，而多出许多堪称幸福的好滋味。

大学后离开乡下，我已好多年不见它了，没想到在异乡的校园里，会与它劈面相逢。少时的光景，瞬间在一棵植物身上活泛起来，身体里翻滚着一些情绪：追忆有，怀念有，感恩有。"风烟绿水青山国，篱落紫茄黄豆家"，那些花开花谢的日子，成了生命的馈赠。

"这些都是我们的学生栽种的。我们有劳动课，让孩子们学种蔬菜，他们就挑了茄子来种。看到茄子开花了，结出茄子了，他们很有成就感的。"一漂亮的女老师告诉我，眉眼间，有星星点点的光芒在闪。

"梅子老师，你觉不觉得，茄子开花也很好看的，并不比一朵玫瑰差。"一孩子偏着头，认真地对我说。"我喜欢茄子花。"她再三说道。

我点点头，含笑望着她。她真像一朵饱满的茄子花，纯洁、朴素。一个热爱茄子花的孩子，命运会赐予她百倍的热爱吧。那个开着茄子花的校园，就这么在我的记忆里扎了根。

# 采采桑葚

　　在一河畔，意外遇到一树熟透的桑葚。黑紫的果实，密密匝匝，带着点儿珠光宝气，在繁茂的枝叶间闪烁，闪疼了我的眼。我当即愣在那里，欢喜地看着。是的，我不可遏制地想到童年，想到乡下那些桑葚时光。

　　我的乡下不叫它桑葚，只直白地喊它桑树果。村子里总有几棵高大的桑树，不是为养蚕而长。养蚕的是矮矮的胡桑，乡人们辟了专门的胡桑地，像栽玉米似的，栽上一行行。胡桑的叶子长成时，又肥又阔，一片胡桑地便被盖得密不透风，我们在里面捉迷藏，是不大容易被找到的。它们也结果实，不多，也不怎么甜，我们都不吃。我们喜欢的是野生桑树，叶子秀气而紧密，树干挺直，它不是谁特地栽的，它自个儿跑来了，携带着一树甜蜜的果实，扎根在我们的村庄上。它是大自然派来安慰我们这些生活在贫瘠中的孩子的。

　　初夏的天，地里青黄不接，可高高的野桑树上的桑树果在冲我们眨眼睛哪。我们整天骑在树上，吃得嘴唇发乌发紫，手指手掌发乌发紫，身上的衣服也皆被染成乌紫乌紫的了。大人们也不会责怪。责怪什么呢？他们路过时，也会仰着头，跳起来，笑嘻嘻地伸手捋上几把来吃，也吃得嘴唇乌紫乌紫的了。他们不再威严，他们成了我们的同盟。吃不掉的，树上多着呢。所有的虫子都来吃，所有的鸟都来吃，也是吃不掉的。天下万物，大有因一树桑葚而大同的意思。时光绵绵的，很无尽的样子。

我漫步时遇到的这棵桑树，就是棵野桑。它是怎么来的？是好心的风带过来的，还是好事的小鸟衔过来的？这是个谜团了。它很体贴地长成灌木样的，你无须爬高，就能采摘到一把把甜蜜的果实了。

年轻的妈妈挎了小筐，领着她的小男孩来采。她应该早早就留意到这棵桑树了。孩子在妈妈的指导下，认识了桑树，知道上面结的果实叫桑葚。孩子很快乐。他吃了几颗，蹦跳着大叫，好甜。他上采下采，左采右采，计划着要分给这个吃，要分给那个吃，甚至连家里养的小狗都考虑进去了。"我要告诉他们，这是我摘的呢。"孩子说。

我笑着听他们说话，为这个孩子感到幸运，他有一个好妈妈，能把他带到大自然里来，享用大自然的馈赠，捡得一份采摘的快乐。日后他长大了，记忆里有关童年的这一页，定是鲜洁的、丰美的、不可或缺的。

我也走过去。年轻的妈妈冲我笑笑，把小男孩拽到另一边去了，把这一面全留给我。我摘下一颗丢进嘴里，童年的好滋味立即在嘴里乱窜。我起了贪心，真想把衣兜装满。衣兜满了，再拿衣襟兜着。脑中不由得蹦出《诗经》里那首欢快的《芣苢》来，一大群女人于广袤的田间，欢快地采着车前子，她们又捋又拾的，没地方盛了，就提起衣襟兜着。我设想着，倘若她们不是在采车前子，而是在采桑葚，歌谣会不会变成这样的：

采采桑葚，薄言采之。采采桑葚，薄言有之。
采采桑葚，薄言掇之。采采桑葚，薄言捋之。
采采桑葚，薄言袺之。采采桑葚，薄言襭之。

这样想着，很有意思。一旁荡漾的河水，眼前拂过的清风，头顶掠过的鸟鸣，也顺带着有意思起来。

# 小　宛

　　小宛，小宛，小小的……

　　我盯着这个标题看了良久，一切小的事物，都是惹人爱怜的。因为它的弱，它的嫩，它的天真。每一个弱小的生命，都值得被珍视。它们像刚钻出土的小芽芽，像三月枝头的小花蕾，像小小的斑鸠鸟和鹈鸽鸟。

　　《诗经》里的小宛，说的却是一个小人物。

　　小人物是小中的例外，他们身似轻絮，命似浮萍，上苍待他们似乎总缺一分仁慈，他们除了自救自赎外，鲜有别的路好走，除非沉沦到底，而沉沦就等于放弃。生而为人，谁甘愿轻易放弃生命？

　　我们还是来看看这个小人物吧。他的祖上曾经应该发达过，在双亲故去后，家道日渐衰落，他作为兄长，肩负着重整整个家族的重任。落魄的人生，想要给它再绘出金色的彩边来，谈何容易？偏偏兄弟们又不太懂事，终日里饮酒作乐、夸夸其谈。本已惨薄的家业,哪经得起这等消磨?外面也不太平,当权者昏聩糜烂,世事动荡,像他一样的小人物,只能在夹缝中求生存,每一步都走得担惊受怕。

唉,真是千头万绪、万绪千头啊,这个人愁得夜夜不成眠:

> 宛彼鸣鸠,翰飞戾天。我心忧伤,念昔先人。明发
> 不寐,有怀二人。

小小的斑鸠鸟,它们蹦蹦跳跳,啾啾叫着,多么惹人爱怜。它们也顶叫他羡慕,只要一振双翅,就能飞上高高的云天去。人不如鸟啊!纵有飞翔的心,奈何尘世羁绊太多。想祖上曾经何等荣光,门楣高悬,厅堂敞亮,现而今,却如此惨淡不堪。这个人越想越睡不着,天都大亮了啊,他还没有闭上眼。他深深怀念逝去的父母,没能让一个家迅速振兴起来,他们是不是对他很失望?

次日一早起来,他就叫来他的兄弟。他要好好跟他们谈谈。他推心置腹,语重心长:

> 人之齐圣,饮酒温克。彼昏不知,壹醉日富。各敬
> 尔仪,天命不又。

他从别人的经验教训中,告诫自己的兄弟,一定要自律自强。他说,那些极其聪明智慧的人,每每喝起酒来,都是很懂克制的,他们从不会过量,始终保持着温和谦恭的仪态。而那些犯浑的糊涂虫,一旦饮起酒来,必舍了命地拼命喝,直喝得醉醺醺才罢休。

结果是满嘴大话胡话，丑态毕出，威仪尽失。我的好兄弟们啊，你们要敬重你们的威仪啊，如果把它丢弃了，上天是不会再降恩于你们的。

他也向兄弟们坦诚了自己的打算，希望他们能振作起来，和他一起共同为这个家族的兴旺，好好努力：

中原有菽，庶民采之。螟蛉有子，蜾蠃负之。教诲尔子，式穀似之。

原野里，长着的那些大豆没有主人，谁有能力谁就去摘之采之。勤劳的庶民们跑去采摘它，养活着自己和家人。再说螟蛉这种虫子，它们生下孩子自己不好好抚养，土蜂们把那些幼虫背回窝去，一一养大。（这是古人的误解。土蜂捕捉螟蛉等小虫，是为了给它们自个儿的幼虫做食物的。）他说他会把兄弟们的孩子，当作自己的孩子，好好教育他们成人，行善延续祖德。

兄弟们在他的带领下，如小小的亲密的鹡鸰鸟，团结一致，努力奋飞。他日日在外奔波，兄弟们也没闲着，月月出行，他们起早贪黑地忙碌着，只为不辱没了父母的好声望。

可现实太冷酷无情，任他再努力，无妄之灾却一再找上门。他先是遭遇各种诉讼，后又不幸陷入囹圄。

交交桑扈，率场啄粟。哀我填寡，宜岸宜狱。握粟出卜，自何能穀。

桑扈是一种小小的鸟，又名青雀，一般情况下，它们以肉食为主，是不食粟米的。现在，它们竟飞到场院来啄食粟米，说明它们已到了饥不择食的地步。时局已混乱到何等程度啊，他贫病交加，无所依靠，却仍不得不承受随时可能降临的灾难。这个小人物感到自己快撑不住了，他手握一把粟米占卜，想问问上天的旨意，看看他何时能交上好运。

人活到这个份儿上，还能怎么的？是吉是凶都得受着，他只不过想借此获得一点儿慰藉罢了。余下的路，还得硬着头皮往下走啊。他不敢轻言放弃，也不能轻易放弃，一个大家族还等着他振兴呢。

> 温温恭人，如集于木。惴惴小心，如临于谷。战战兢兢，如履薄冰。

前路漫漫，他能做的，只是继续保持他的温和恭谨。大千世界里，众多像他一样的小人物，不都是这么活过来的吗？他们如同站在高高的树上，时刻保持着警惕。他们每走一步，都小心不安着，如临深谷。又如履薄冰，战战兢兢。

他会时来运转吗？也许会。也许不会。会与不会，都不重要了。重要的是，他很珍惜生命，他会好好活着。好的命运、坏的命运，对他来说，都是修行，活一刻，得一刻的圆满，这才是叫人钦佩的地方。他活成自己的英雄。或者这么说，他就是英雄。

人类的历史，更多是由这些小人物写出来的。

# 仙姑献寿

当我整个人匍匐在草地上，拿手机拍一群宝盖草的时候，有些心猿意马地想着，人类有时真是无聊无趣得很哪，什么事儿都喜欢搞出个名次来，谁第一，谁第二，谁第三。谁冠军，谁亚军，谁季军。有时还为此争得头破血流的。有意思吗？实在没意思。哪有这些花来得自我诚实，它们爱怎么开，就怎么开。爱开成什么样儿，就开成什么样儿。可笑的是人类也给它们排了名，分出上、中、下的等级来，又搞出一个十大名花排行榜，位列第一的是兰花，第二的是梅花，第三的是牡丹……哎，他们问过花的意见没有？对于花们来说，每一个都是无可替代的，它们是不好拿来比较的，没有谁比谁更尊贵，或是更卑微。拿我眼前的宝盖草来说，它的花真的美得奇异哩，是绝不比兰花、梅花、牡丹逊色的。

路边有人看我久久趴在那里，实在没按捺住他的好奇心，走过来看，问我："你在做什么？"

我说："在拍花啊。"

他大大吃惊："花？哪里有花？"

哎！人的眼睛啊，这么漂亮的花呀，他却看不见！我在心里面暗暗叹息一声。只好直起身子，指着宝盖草给他看："呶，这不是花吗？"

那人大概是第一次看见宝盖草，他瞪大了眼，看着，"哦"一声，自言自语道："真想不到，这野草的花，还真是漂亮。"我索性好人做到底，告诉他，这花有名字哩，它叫宝盖草，宝贝的"宝"，红盖头的"盖"。

事后我想起这段小插曲，很为自己的小聪慧得意了一下，它是盖着红盖头的宝贝呀，想来那个人这辈子也不会忘记宝盖草了。

宝盖草是没有红盖头的，却有绿盖头。它的叶子以茎为轴心，绕茎一周长着，恰似绿盖头。又好比观音打坐的莲花座。一茎上，总有三四个这样的"绿盖头"或是"莲花座"，那些小花朵是以这个为舞台，在上面轻歌曼舞的。

宝盖草的花是玫红色的，特别艳丽。花朵的样子很可爱，像极一个小姑娘踮着脚尖，提着一兜的东西，想要送给谁。我想起小时家里土墙上贴的一张"仙姑献寿"的年画来：几个小仙姑发丝飞扬，霓裳飘拂，她们手提果篮，给王母娘娘献寿。那低眉浅笑的样子，真是迷死人了。我睡觉的床头，正对着这张画。我晚上睡觉时，看几眼小仙姑再入睡。早上一醒来，首先是要看一眼小仙姑们的。哦，她们好好在着呢。我这才慢慢起身穿衣裳，一天都愉快极了。

城外人家的农田边，也有不少的宝盖草，我每次走到那儿，都要去问候一下它们。从三月，到四月，再到五月，甚至到六七月，它们都在源源不断地开着花。花朵们一律穿一身玫红的衣裙，提着一兜的东西，匆匆忙忙要赶往哪里去。我戏称它们"小仙姑"，它们一定是要去赴谁的寿宴了。

# 出　发

我喜欢出发。

有时并没有明确的目的地，只是走着。

我很爱那种漫无目的，沿途的所有，都是未知的、充满期待和想象的。谁知道下一个路口，等着我的是什么呢？因为未知，人生多出许多探求的曼妙之趣。

在早晨出发，光明驱散黑暗，万物吐露清新。我会迎来朝霞和日出，迎来含着晨露的鸟鸣和清风。遇到早起的陌生人，我不由自主地微笑致意。昨日诸多烦忧，经一夜好睡，已彻底放空。今日是个新的日子，路上的一切也都是新的、有着蓬勃生机的。我喜欢这种蓬勃生机。

在黄昏出发，常常会遇见一个石榴红的夕阳。天边云彩铺陈，山峦叠嶂，又是另一番景象。群鸟归巢，行人匆匆，静默的窗口，有灯光次第亮起。每一扇窗户，都有守候的人。尘世如此温暖，星星们在天空中跳起了舞。这时，我会祝福每一个善良人，愿他们都拥有一个好梦。

在春天出发，会遇见很多草的故事、花的故事、蜜蜂的故事、蝴蝶的故事。生命的欣欣然，会从每一个毛孔里钻出来，感觉自己仿佛新生。有一年春天，我迷失在贵州一座大山里，遇见在草丛里嚼着花的一头牛，它从一丛金黄的蒲儿根里抬起头，看我很久。我也看它很久，隔着那些欢实的小花。后来，我时常回味那一幕，不自觉地笑起来，好像我的出发和迷失，就是为了那一刹那的遇见。

在夏天出发，我会有幸走回陆游的家乡去，"水满有时观下鹭，草深无处不鸣蛙"，也会时时可遇"接天莲叶无穷碧，映日荷花别样红"。还会遇见许多的蝉，它们说着不同的方言。南方的蝉叫声锵锵激越，如大鼓在擂。北方的蝉叫声撕裂怒号，还稍带个闷哼的尾音，似有冤屈未解。在陌生的村口歇脚，我正听着树上的蝉叫呢，辨别着它是南音还是北音，一村民提了一篮子桃出来，问我，买吗？我家树上长的。我定睛看去，个个都饱满似王母娘娘寿宴上的蟠桃。我说，仙桃呀。村民接口道，对呀，仙桃呢，吃了长寿呢。我们相视大笑。后来他非请我吃桃不可。现在，每到夏天我都会想起他，我祝他年年夏天快乐。

在秋天出发，层林渐染，天地间流溢着斑斓的色彩。无论你走到哪里，都有红的黄的色彩来迎。又秋声旖旎，虫鸣如雨，落霞孤鹜，秋水长天。这个时候，宜往深山里去，不定是哪座山，随便一座山吧，都会让你领略到"霜叶红于二月花"之景趣。你还可以遇到一些果实，想采了吃，就采了吃吧。去年，我在仙居的一座山里，遇到成片的高粱泡，我采了一把又一把。酸酸又甜甜的滋味，让我至今回味不已。

　　在冬天出发，天地间删繁就简了，树木都赤诚来见。所有的生命，都变得心思单纯。多好啊，遇到太阳时，就和路边的猫一起晒晒太阳吧。遇到蜡梅开了，就和鸟儿们一起，闻闻蜡梅香吧。遇到下雪了，就停下来看看雪吧。白茫茫大地真干净啊。那个时候，身体和灵魂，都是洁净的，无所牵扯的。

# 给幸福一个奖赏

　　天空真是晴朗得可以。不说阳光，说说天上的云。那些慵懒且任性的小家伙，随意一扬手，一摆腿，都动人魂魄。我看到它们的小身子，像蛇一样的，在天上扭啊扭啊。又好似谁家养兔子的栅栏门忘了关了，一只一只的小兔子，蹦了出来。

　　一个下午，我就浪费在看云上了，浪费得心甘情愿心满意足。这还没完，我还拿笔，在纸上画下了一朵又一朵云。我知道我画得不是很像。可是谁能说它们不是另一些云呢，也许在我不留意的时候，它们会跑到天上去。

　　晚上散步时，看到的云，又是另一番样子了。它们变得老成持重起来，如山峰般的，稳稳坐着，凝眸沉思。我看得笑起来，它们端着的样子，多像一些少年老成的孩子啊。等不及长大，一心想进入成人的世界去，模仿着，故作深沉着。可那稚气的眉眼，分明泄露了他们的秘密。

　　月亮像只白气球，时隐时现的，飘在那些山峰间。而一两颗星子，则是镶嵌在山峰上的红宝石。

浓阴匝地。月亮和云的影子，像些小银鱼，在那些浓阴的缝隙里，活泼游弋。天地间，又是说不出的好。我怔怔发呆，忽然对身边的那人，没头没脑说一句，我们要幸福啊！

是的，要幸福啊！今生无所大志，也不贪求，只愿随着天地欢喜，愉悦从容。

路边的一年蓬，在月光下妍妍。我弯腰采了一大捧，算是给今天幸福的一个奖赏。

# 想象是语言的音符

我不知道，人类倘若没有想象，会是怎样的空洞和苍白。

对，我又提及"想象"这个话题。这会儿，我摊开一张纸，想写点儿什么。我还是习惯于用笔写。我喜欢笔在纸上沙沙行走的声音。那如同人的脚步在行走，一步一步，到达他想到达的那些幽深之处。

窗外的鸟的叫声，真是动听。我有时会觉得，那些声音，像小雨点洒落，又像池塘里新荷初开。我这么想着时，鸟和小雨点，新荷和碧绿的池水，便一齐来到我跟前。我因此而沉沦一会儿，微笑起来，幸福起来。生活的美妙，多半是由想象带来的。

我的思绪，还会信马由缰跑上一跑。我由鸟、小雨点、新荷、碧绿的池水，又会想到鸟窝、老家、炊烟和竹林，想到屋后的小河，小雨点落在上面，蹦蹦跳跳，画着梨涡。想到祖父祖母，想到父母兄妹，他们的笑脸，如春风，如暖阳，在我眼前浮现，很清晰。——这是联想了，由一事物想起与它相关的其他事物。没有想象，后面这一系列的联想，也就无法诞生。

那么，写作呢？写作里如果没有想象，写出来的作品，也就显得异常干瘪，无有趣味。——这是很显然的道理。人人都懂得，但却不由自主，关闭着自己的想象力，一日一日，在固有的模式与规格里，写着乏味的文章。

每每这时，我都替他们急，亲爱的，请打开你想象的大门呀。天上的白云，不止像棉花糖，它还可以像海豚在跳舞，它还可以像瀑布在飞泻，它还可以像成片的白茅在飞扬，它还可以像麦浪滚滚，它还可以像白兰花开在天上，一朵一朵再一朵……

文章的可取之处，在于语言。语言的可取之处，在于想象。一首曲子，好不好听，在于音符。想象是语言的音符。

比如我去看花。春天是群花赶集的日子。我看到玉兰花，我想到了小白鸽和小紫鸽。它们的花朵，实在像。我看到桃花，我想到了迷人的新娘子。《诗经》里云："桃之夭夭，灼灼其华。"真是没有什么花比桃花，更适合比作新娘子的了。后来，我坐在草地里，我听到草地的心跳。那些心跳，有花的，有草的，有虫子的，也有我的……这一连串的想象，让一个春日的午后，变得多么生动有情。到我写它们的时候，它们都会跑到我的跟前来，争先恐后向我问好。我不是在写一个个事物，而是在写一群活的生命，欣欣然的，朝气蓬勃。

曾读到过两句诗，不能忘：


　　每一汪水塘里，都有海洋的气息，

　　每一颗石子，都有沙漠的影子……

那么，就让我们从一汪水塘开始，嗅到海洋的气息；从一颗石子开始，寻找到沙漠的影子。如果能够这样，你想象的大门，也就慢慢打开了。

# 第三辑
## 麦地旁的小狗

它俨然是一条大狗了，一身的黑毛虽有些凌乱，然四肢矫健，虎虎生威。我妈忙不迭下车，激动地大叫了一声："小狗啊！"麦地边，一人一狗，紧紧搂抱到一起。

# 我的启蒙读物

我的启蒙读物，是我的村庄。

念小学之前，我基本上没有接触过书籍，除了我爷爷的一本老皇历，如果那也算书籍的话。我爷爷常捧它在手上翻，什么时候宜出门，什么时候宜动土、宜婚嫁，那上面都有。对我而言，那本老皇历是个神秘的存在，跟家神柜上供着的祖宗牌位一样神秘。我偶尔会偷偷去翻翻，发黄的纸页上，爬满小蝌蚪一样的字，看不懂，便又悄悄把它放回原处。

我爸是读过一些书的，但他那时一门心思投身于解决一家人的温饱上，哪有闲情教我读书识字？家里实在太穷了，吃了上顿愁下顿，大人们为此整日眉头不展。

我倒是快活得很，并不因不识字不读书而遗憾，是不懂遗憾，也没有空闲遗憾吧。那时，我挺忙的，用我奶奶的话说，整天没个魂灵在家。

我忙些什么呢？忙着去"阅读"我的村庄。它方圆不过四五里地，住着二百来户人家，可对一个小孩子来说，它足够阔大了，我总也不能把它真正走完。它的天空连着远方的天空，它的土地连着远方的土地，它的河流连着远方的河流，它的风连着远方的风，我在村庄里瞎溜达的时候，就像一只天真的小蚂蚁，只觉得我的村庄漫无边际。

地里的野草野花都认得我，地里的蜻蜓、蚂蚱、瓢虫和蝈蝈们也都认得我，我能在一条墒沟旁独个儿一坐就是一下午。挺奇怪的，那时我不喜欢跟同龄的孩子一起玩，只爱一个人待着。孤独吗？一点儿也不，天地间那么多的草呀花呀虫子呀，无一个不是我的玩伴。我待在墒沟里，我的身前身后，茂密的庄稼汹涌澎湃，它们完完全全把我淹没了，我轻易不会被人发现，这让我很放心，我可以不受任何打搅专心致志地玩我的。我跟一只蜘蛛打过招呼，看它辛辛苦苦从无到有，在两棵玉米中间，把一张亮晶晶的网给织出来；我盯着一只瓢虫看，它费力地把一只蚜虫吞下去，这令我惊奇；玉米秸秆上，攀着打碗花细细的藤蔓，它们把浅粉的花插得东一朵西一朵的。我感兴趣的是它的根，它的根白白的，一节一节的，又细又长，多汁液。我很容易就拔了一堆，在衣襟上擦擦，塞一把到嘴里。不多久，我的嘴里就充溢着淡淡的甜蜜。这份甜蜜令我快乐，我把嚼烂的那部分吐到地上，唤了很多蚂蚁来共享。

我还特别喜欢玩泥块。泥块在我手里，能变成我想象的所有东西。我想吃点心了，它们就是好吃的点心。我想吃红烧肉了，它们就是肉香四溢的红烧肉。我想穿花衣裳了，它们就是漂亮的花衣裳。它们还能化身成牛、羊、猪、狗、猫，甚至是大轮船。

我想象我坐上了"大轮船"，沿着我家屋后的红旗河，径自往天边驶去。天边有多远呢？我不知道，我坚信那里，住着太阳、星星和月亮。

有时，我爱躺到干草堆上发呆。天空多辽阔啊，鸟雀们叽叽叫着飞过我的头顶，我的心跟着它们飞呀飞，一直飞到云端里去了。天上好玩的东西，一定和地上一样多吧？随便敲开一朵云的门，里面一定藏着一个村庄。我想象着那里也有个小孩，跟我长得差不多，他正俯卧在一朵云上，悄悄看着我呢。

我不在地里"忙活"的时候，基本上就在村子里闲逛。我从村子东头，晃到村子西头，从村子南边，晃到村子北边。一条红旗河把吾村劈成两半，一半在河南岸，一半在河北岸。河上搭一简易木桥，连栏杆也没有。桥面上铺陈的木头与木头间的缝隙很大，大得能塞得下我这个小孩。我站上去脚直打晃，下面河水湍急，好似张着血盆大口，要把我吞下去，我根本不敢越过去，便四肢伏地，像只四脚小兽，小心翼翼爬过桥去。

我冒着这巨大的风险，只为看看对岸的人家，那些人家给予我更多的探究空间。

有户人家生了个痴呆女儿，无论寒暑，她都趿着双没有后跟的破鞋子，站在路边拍手唱歌，歌词只有一句："东方红，太阳升。"她重重复复唱这一句，不时自顾自地大笑。从没见她打过人，但我见到她，还是有些害怕，又忍不住好奇，要去看她。当我盯着她看时，她也盯着我看，忽然咧嘴冲我笑，吓得我赶紧跑开去，惹得她发出一连串的大笑。回回见面，回回都是这样，这成了我们之间屡玩不腻的游戏。

有户人家开着间豆腐坊，屋前竖着一根高高的竹竿，上面绑着块破布条。当破布条升到竹竿顶端，表示他们家有豆腐待售。当破布条落下去，说明豆腐已卖光了，明儿请早吧。我们家只有逢年过节才吃得上豆腐，这使我对这户做豆腐的人家强烈向往着，他们家天天有热乎乎的豆腐吃呢。他们家有个姑娘，跟我小姑差不多大，个高，面皮嫩白得像豆腐，穿件红格子衬衫，头发扎成两把小刷子搁在肩上，跟年画上的人一样好看。那姑娘有天突然投了红旗河，被人救上来，几天后，她从村子里消失了。我一直在想，她去了哪里呢？她去的地方有豆腐吃吗？

又一户人家，男人隔三差五打老婆，且把衣服剥光了打。他才一动手，半个村子的人都晓得了，因为他老婆有副"金嗓子"，哭叫声能传出好几里地去。村里人都习以为常了，很不在意地"哦"一声，道，孙舒林又在打他的懒婆娘了。隔天，我看到被打的那个女人，没事人似的坐在家门口，唤着在场边啄食的几只鸡。她养得白白胖胖的，据说她家的鸡生的蛋都被她吃了。我好生羡慕她有鸡蛋吃，又觉得她挨打很可怜。

还有户人家突然把旧房子拆了，砌了新房子。高高大大的三大间，虽然也是茅草盖顶，可是却很阔气地拿砖砌了墙，拿瓦垒了屋檐，在一众低矮破旧的房子里，很是显眼。可这户人家自从住进新房子里，就接连出事，先是小儿子在红旗河里溺水而亡，后是这家老人在地里摔了个跟头，摔断一条腿。然后，这家的女主人莫名其妙精神错乱，成天扯着嗓子叫骂。村子里的人在背后议论，说他们家的新房子被人下了咒。我走过那里，听到妇人叫骂，又害怕又想听，真是矛盾。

夏天，总有孩子溺水而亡。冬天，总有几幢房子被大火给烧了。农忙时，总有几个妇人因斗气而寻死。腊月脚下，总有老人熬不过寒冬归了天。不管多少眼泪多少悲伤，一些日子后，也都淡了痕迹。风依旧在吹，牛羊依旧在叫，河流依旧在流，庄稼依旧在长，我的村庄还是村庄，依旧生龙活虎烟火蒸腾着。

# 刘半仙

　　是不是每个村子里，都住着一个瞎子，这个瞎子必是会算命的呢？反正我所知道的村子里都有。

　　我们村子的瞎子姓刘，人又称他刘半仙。他的家，离村小学不远。他家的房子也是茅草的，却用瓦片做了房檐。那黑瓦围成的一圈房檐，就像一件普通的棉布褂子，给滚了一圈丝边似的，显得很不一般起来。吾村人把那样的房子，叫作"瓦道檐"。那代表家境比较殷实。

　　刘半仙家当然是殷实的，因为有刘半仙。

　　我上学放学，都要从刘半仙家门口过，沿着一条叫三中沟的小河。小河沿岸住着人家，人家会下到小河里洗汰，下到小河里担水摸鱼，这是见惯的景象。我不大搭理这个，我关注的是，河边草丛里的麻雀窝，还有那些新冒出来的小野花。小野花真是多，数不清，一年四季都在开着。即使是隆冬腊月，万物都枯了，也还能见到那枯败的草窝里，有着一丛两丛鲜艳的花。

那时我尚不明白"生命的顽强"这类高深的道理，我只是浅薄地喜欢着那些花，放学的路上，我一边走，一边掐。编出花环来，戴在头上。编出手链来，套在腕上。有时，什么也不编，就捧着那一捧的小野花，兴冲冲跑回家去，找个玻璃瓶装了。一室的简陋，因有了这一玻璃瓶的小野花，变得富丽起来。大人们对我的这种行为，多半持包容态度，地里的活计那么多，他们也顾不上去管孩子什么事，由着孩子去做孩子的事。这倒很让我得了部分自由，如野地里的野蒿子般的，就那么欣欣向荣地生长起来。

我每天都要采些野花带回家。我家的茅草屋里，也便每天都能分享到一玻璃瓶的绚烂。我是不是给穷困劳累中的大人们，带去过一丝小安慰呢？我想，应该有的。天黑了，我妈进得门来，她的眼光掠过家神柜上那一瓶子的野花，本是愁累密布的脸上，有不易察觉的笑意，一滑而过。

刘半仙家门口的花，偏偏又开得特别好。他家还有鸡冠花、凤仙花、大丽花、蜀葵啥的，红红粉粉一大片。我走到他家屋角那里，往往都要停顿好久，傻呆呆看他家门口的花。但他家的花我不敢摘，我怕刘半仙看见。

刘半仙明明是看不见的。他整天坐在西厢房的一圈半明半暗的光线里，眯缝着没有一丝光亮的眼睛，掐着手指，帮人算命。瞎子都会算命——这是那时的我得出的结论。隔壁村有个算命的李半仙，也是个瞎子，他能算出人家屋后埋藏的宝贝。这真是件顶奇怪的事，明眼人看不到的，他们能看到。

吾村人但凡家里有事，大到婚丧嫁娶，小到小孩子头疼脑热的，都会很自然地说一句，去找瞎子算算命。也就跑到刘半仙家了。刘半仙坐在他那圈半明半暗的光线里，伸出柴火般的手指头，闭着眼睛（事实上他的眼睛从未睁开过），嘴里念念有词：子丑寅卯辰巳午未申酉戌亥……这么三念两念，村人们婚丧嫁娶的时辰日子也就出来了。小孩子惹病的源头也找到了，是撞了什么神或是撞了什么鬼了。没人对此有疑义，村人们按着他掐出的时辰日子进行婚丧嫁娶。按着他的指令，符一道，纸钱一叠，烧了。不几日，那病恹恹的小孩，又活蹦乱跳的了。

有时，也有不灵验的。送了神送了鬼，那小孩子的病仍不见好，村人们这才去就医。但对刘半仙却无半点微词，下次小孩子病了，还是照旧先去找他算命。

# 八岁那年，我大病过一场

是出痧子。

那些年，每个孩子都要出场痧子的。这是孩子成长的必经之路，少不得的。吾村人对此，早已习以为常，认为那是该派的，就像天要刮风下雨一样正常。

然又是极其慎重对待的。一家有了出痧子的孩子，家家都知道。因为，那孩子头上会戴一顶妈妈缝的小红布帽子（有辟邪的意思）。帽子后面，拖一根长长的红布条子，像条小辫子似的。随着那孩子的走动，红布条子会在脑后一甩一甩的。路过的人见了，会笑着问，你家伢儿出痧子啦？家里人笑着应答，是吥啊，出痧子了。伸手把那孩子探出的头，给按回去，一边假装呵斥，你不要命了啊？快待屋里去，出痧子吹不得风。

出痧子容易传染。这个出痧子的孩子，就被特别地保护起来，吃饭他有专门的碗，洗脸洗脚他有专门的毛巾，睡觉有专属于他的被子。又食物必须清淡，不能吃咸的东西，家里人就另给他开小灶，买了脆饼馕子泡给他吃，并挖上两勺红糖放在里面。又每日两只"养油蛋"，给他增加营养。

　　吾村人招待贵宾，最拿得出手的，就数做一碗养油蛋了。家里来了贵客，或遇到访亲那样的大场合，主妇必在锅灶上忙着打养油蛋。吾村人嘴里会这么说，没什么招待您的，就吃一碗养油蛋吧。说得很谦虚，似乎那是寻常物。事实上，那时的鸡蛋，是一个农家最金贵的东西，可以用它换来日常所需的油盐酱醋、针头线脑。养油蛋的做法简单快捷，锅里放清水，烧开了，鸡蛋整个打到滚水里，煮上一煮，那鸡蛋煮得胖胖的、白白的，上面似乎汪层油，这时候，连汤水捞起，在汤水里加糖，一碗养油蛋就做成了。

　　那样的被优待，是很让我羡慕的。我对出痧子，竟十分十分向往起来。我想着，等我出痧子了，我要顿顿吃养油蛋，也要顿顿吃红糖泡馕子和泡脆饼。我也要戴着那顶艳艳的红布帽子。若有人路过我家门口，我就假装着要出去，探出头来，好让那人看见我头上戴的那顶红布帽子。然后，听那人笑着问我妈，啊，你家梅丫头出痧子啦？

　　这样的场景，我想想就很激动。

　　我也真的出痧子了，然却连续高烧不退。我躺在床上，浑身滚烫，迷迷糊糊。我爸请了赤脚医生来，赤脚医生量量我的体温，把把我的脉，说，这倒是奇怪了，没有哪个孩子出痧子会发这么高的烧的，你们怕是要送她到老街上去看看。

　　赤脚医生给我打了一针，开了些药。临走时，他还是建议，若再不退烧，就要送老街上去了。我爸答应了，去外面借拖车，准备把我拖去老街上。我妈和我奶奶却在一旁嘀咕开了，她们说我的病生得蹊跷。一定是撞上什么东西了，我奶奶肯定地说。我妈附和道，一定是。两个素日不和的人，竟难得亲善和睦起来。我奶奶说，去找瞎子掐掐命吧。我妈立即表示赞同，走吧。

当夜，她们结伴着走夜路，敲开刘半仙家的门，给我算了命。

从刘半仙家回来后，我妈和我奶奶的脸上，都有了笑容。她们告诉我爸，我们就说梅丫头肯定是撞上什么东西了，果然不假，她在三中沟，撞上一个讨债鬼了。我爸是个文化人，自然不肯信这个。但他犟不过两个女人，只得由她们折腾。我奶奶把一道符，塞在我枕下。我妈叠了不少纸钱，跑去三中沟烧了。她们做完这些，天已大亮，我的烧，竟慢慢退了。

我爸说是打了针吃了药的缘故。但我妈和我奶奶都坚持，是瞎子算命灵验。

那天夜里，刘半仙还对我妈和我奶奶说了什么呢？我不得而知。这促使我后来一直想揭开这个谜底，我想知道我的命到底是怎样的。

我和一马姓、一戴姓小女生，结伴着去找刘半仙算命。

之前我们商量了好些回，我们都想知道自己的命是怎样的。

算一个命要一毛钱。那时的一毛钱可以买到五只烧饼吃。我们积攒了好些日子，才积攒到这一笔巨款。

放学了，我们三个磨磨蹭蹭，留到最后走。我也没心思采花了，三个人走走停停，停停走走，走了老半天，才走到刘半仙家门口。却害羞了，也有些害怕，像做贼似的，说不上的。我们假装去看他家的花，蹲在一丛鸡冠花跟前，眼睛却瞟着他家的大门。他的孙子，一个猴精猴精的小男孩，从外面玩耍归来，滚了一身的泥，他眨巴着两只大眼睛看看我们，抬头冲着屋内就叫，爷爷，有人找你算命来了。

我们完全没提防，吓一跳，正不知所措着，只听得屋内咳嗽一声，刘半仙沙哑的声音响起来，你们几个进来吧，这会儿不忙哩。这委实把我们吓得不轻，难道他早就算出了我们在外面？

刘半仙还坐在他那圈半明半暗的光线里，瘦小干瘪。他脸朝着窗户，眼睛眯成一条缝，努力想看清什么似的。他让我们一一报上生辰后，就开始掐着他那柴火般的手指头，嘴里念着子丑寅卯辰巳午未申酉戌亥……给我们算起命来。我们都敛了呼吸，静静看着他的嘴唇。他的嘴唇有些泛黑，微微颤动，那声音就从那颤动之中，传了出来，喁喁的，听不分明。

那日时光漫长，黄昏像只橘色的猫儿似的，趴在刘半仙家西厢房的窗台上，迟迟没有动身。许久之后，刘半仙掀动着上下嘴唇说，你们三个都生了一副好命，将来不愁吃不愁穿。说马姓女生将来的婆家很富有，但离娘家很远。戴姓女生会赚大钱。至于我，他说，你将来会金榜题名的。

从刘半仙家出来后，我和戴姓女生都很高兴，只有马姓女生愁着，愁她将来会嫁得很远。我和戴姓女生忙安慰她，到时，我们去看你。

三个小女生的未来，就这么繁花似锦起来。

到我念五年级的时候，戴姓女生却因生了一场肺炎，意外离开人世。成年后，马姓女生嫁得并不远，就嫁在本村。倒是我，常常走南闯北的，离家越来越远。

这年，刘半仙的家出了些变故，先是夏天的时候，他那个猴精猴精的小孙子，在门口的三中沟里，溺水身亡。冬天的时候，他家又失了场大火，三间"瓦道檐"烧得只剩下黑黑的砖和瓦了。

吾村人你家捐点儿木头，他家捐点儿草，很快又帮他家搭建了三间草房。刘半仙也还操着他的老本行，给村人们算命。吾村人对他，也还是相信着。

生命之外，总有些敬畏存在的。

# 少年游

  那是一个春天，十四岁的少年坐在教室里，眼睛盯着黑板，心却不知飞到哪儿去了。

  教室的窗外，一排悬铃木已萌生出翠绿的叶子。不远处的小河边，柳树渐显婀娜。燕子们都从南方飞回来了，它们一路上没少遇到新颖好玩的事吧，整日里叽叽喳喳，聊个没完没了。有几只还飞进教室来，喧喧嚷嚷，引得同学们一阵兴奋的惊叫。

  酥软的南风，吹来浓烈的花的馨香。少年仿佛听到自己的心，"嘭"的一下，顶出一棵嫩芽芽来，让他想迎着风欢唱、奔跑。老师在黑板上教一首写春天的诗："律回岁晚冰霜少，春到人间草木知。便觉眼前生意满，东风吹水绿参差。"向来不苟言笑的老师领着他们读这首诗的时候，脸上有了柔和的表情，额上的细纹里，漾着笑意浅浅的波。春天是叫人温柔的，少年想。少年走了神，联想到"春日游，杏花吹满头"。不行，我要去看杏花，少年在心里对自己说。他一刻也坐不住了。

十四岁的少年悄悄出发了。少年不知道到哪里才能看到杏花，但这又有什么要紧呢？他只管跟着一些蜜蜂走，跟着一阵南风走，眼前所见到的，都是春天的好样子：村庄连着村庄，房屋连着房屋，田地连着田地，河流连着河流。麦苗绿，菜花黄。三五枝桃花，映得一波的水，粉艳艳的。一切都披着色彩清丽的新衣裳。

　　少年走啊走，从清晨，到黄昏，不知走过几个村庄。后来，少年遇到一个在草丛中采枸杞头的老人，老人是个退休老师。少年不识枸杞头，只当它是野草呢。老人笑了，说："你们这些细伢儿还嫩着呢，这世上的好味道多了去了，有得你们慢慢品尝的。"

　　老人是一眼就洞穿了少年的秘密的，但他什么也没问，只邀请少年到家里做客。他给少年做了一道凉拌枸杞头，配了荠菜小米粥。少年吃了，嘴里满满的，都是春天青嫩清香的好味道。少年说："真好吃。"老人点点头，慈祥地看着他，轻轻道："今晚你早点儿休息，明天早点儿回吧。"

　　第二天，少年回到学校。这趟悄悄的出游，少年并没有看到杏花，但他一点儿也不遗憾。因为，他见识到最美的春天。在此后的若干年里，长大的少年到过很多地方，经过很多春天，却再也没有遇见过十四岁的那个春天。

# 麦地旁的小狗

　　小弟把小狗抱回家时，小狗是只名副其实的小狗，刚断奶没多久。

　　那时的小狗，披一身柔软的黑毛，两只眼睛周边，各镶一圈琥珀色，衬得它可爱又灵动，看人的眼神，如同融化了的奶油。

　　那段日子，我爸病痛缠身，下肢已完全使不上一点儿劲，终日只能与床为伍。我妈脸上愁云密布，神情萎靡，见到我们兄妹几个也没别的话，重三倒四说的是："你爸咋成这个样子的？"一副天塌地陷的模样。

　　小弟说："抱只小狗回家陪陪他们吧。"

　　我们都觉得这是个不错的建议。小弟于是行动起来，很快托朋友搞来小狗——一只普通的中华田园犬，吾乡人称之为草狗。这种狗的生命力就跟野草一样旺盛。

　　我妈不喜欢小动物，对猫啊狗的没什么感情，她从不收养。但这次，她没有拂了小弟的好意，把小狗抱到祖宗牌位前，很是郑重地拜了三拜，算是接纳了它。却懒得给它取名，只"小狗小狗"地喊它。它很聪明，喊了几次，便认下这个名字。只要你一叫"小狗"，无论它在哪个角落玩，都会立即奔你而来，把小尾巴摇成一朵花。

小狗在我家的待遇相当一般，院子一角晒干的羊草堆，是它睡觉的窝。摔得有些变形的小铝盆，是它的食盆。记得时，我妈往里面添上一勺剩饭。记不得时，那食盆就空着，弄得小狗经常饱一餐饥一餐的。肉是难得见到的，我妈的理由十分充足，不能把它的嘴吃馋了。

小狗却像棵芨芨草似的，借着一股风呼啦啦生长着。它满心满意地爱着我爸我妈，尽管我妈极少给它好脸色，且常常呵斥它（我妈拒绝狗近身）。然每每见到我妈从地里归来，它还是要雀跃着去迎，久别重逢般的。但会很知趣地在距离我妈几步远的地方停住，拿融化了的奶油般的眼神看着我妈。我妈也不得不承认，这狗鬼精鬼精的，挺会看人脸色的。

我回家，仅仅跟它确认过一回眼神，它便知我是家里人了，跟前跟后，很是兴奋。假若它能做搬凳子倒茶之类的活，我一点儿也不怀疑它会第一时间去做，搬了凳子请我坐，倒了茶请我喝。

它跟我进屋。我跟我爸说话，它便安静地趴在我的脚边，一会儿看看我，一会儿看看我爸。我爸挥手赶它走，说它身上可能有跳蚤。我妈也不允许它进正屋，对我列数它的"恶行"：说它把别的狗招来，在家门口的地里打闹，把长得好好的两行玉米全踩掉了；说它挑食，剩粥剩饭闻都不闻，一定要吃新煮的饭；说它爱衔东西，她的拖鞋，我爸的帽子，都被它衔到屋后河边的草窠里去了，害她找了好些天。

我妈嘟囔道："你们把它送走吧，我和你爸都不想养它了。"

小狗听到这话，身子抖了抖，怯怯地看向我妈。

"哈，你很调皮吗？"我抚抚它的小脑袋，笑着问它。

"它还小嘛，相当于小孩子的，调皮点儿也正常，有它在，家里多有生机啊。你们不要对它太苛刻，好好养着吧。"我对我妈说。

我妈不大情愿地点点头。

小狗似松了一口气，它跳起来，伸出舌头轻轻舔舔我的手，看我的眸子里，盈着一层水雾。

"这畜生很聪明的，它听得懂呢。"我爸说。

自此后，只要我归家，小狗哪怕正跟村子里的一群狗玩得不亦乐乎，它也会立即嗅到我的气息，奔回家来。有一次，我才在屋内放下行李，小狗旋风般地冲了进来，因为速度太快，被门槛绊了一下，结结实实摔倒了。它顾不得疼，爬起来又冲向我，绕着我跳啊蹦的，呼呼直喘粗气，欢喜得不知怎么办才好。一旁的我妈也被感动到了，她摇摇头，不解地说："我刚还看到它在东头朝平家门口玩的，它怎么就知道你回来了呢？"

秋天的时候，我爸走了，我们不放心我妈一个人在家，兄妹几个商量着，把她接到城里住些日子。可怎么安排小狗呢？小弟看看在一旁蹲着的小狗，说："送走吧。"我虽舍不得，可也没办法，挣扎再三，还是同意了。但待我们转身再找小狗时，小狗却不知躲到什么地方去了，怎么唤，它也不肯出现。一直到我们离开，它都没有再出现，我们只得把它遗弃在老家。

老屋落了锁，这一落就是大半年。在城里住着的我妈，渐渐从失去我爸的悲痛中缓过劲来，闹着要回乡下。我们送她回家，车子穿过一片油绿的麦地，那里埋着我爸，老屋就在不远的前方。我在心里跟我爸打着招呼，想那郁郁青青的麦子里，该有一棵是他的灵魂生长出来的吧？斜刺里突然冲过来一团黑影，不由分说扑向我们的车门。我们定睛看去，看到两圈标志怅的琥珀色。是小狗！

　　它俨然是一条大狗了，一身的黑毛虽有些凌乱，然四肢矫健，虎虎生威。我妈忙不迭下车，激动地大叫了一声："小狗啊！"麦地边，一人一狗，紧紧搂抱到一起。

# 一枝桃花

不知道为什么，吾村种桃树的人家并不多。

我家里种着一棵，在院墙边。是我姐从野地里挖回来的。

挺奇怪的，野地里怎么会有一棵桃树的呢？这是没办法知晓的秘密了。也许是某个孩子吃了桃，"噗"一下，随随便便就把桃核吐在野地里了。他蹦蹦跳跳追着风跑远了，留下了这颗桃核。这颗桃核有什么办法呢，只能孤零零地待在那儿，小身子一点儿一点儿往泥土里钻，它想把自己藏起来。结果，它成功地把自己藏到了土里面，这才安了心，渐渐睡着了。来年春风来拂，泥土温暖的气息，一定让沉睡的它打了个大大的喷嚏吧。它迷迷蒙蒙从地底下爬出来，已然不是一颗桃核了。它抖了抖身子，嫩嫩的叶子随风招展，它自己应该也感到奇怪吧，它怎么就发芽了？怎么就长成一棵小树的样子了？一个去割草的女孩子，眼睛尖着呢，在一大片芜杂的野草丛中，一眼就看到了它，她激动了，欢呼着奔过去，啊，小桃树呀。她把它带回家。

小桃树也就到了我家的院子里，被栽在厨房门口，成了我家的桃树了。我们进出厨房时会看到它，我们出入院门时也会看到它。它起初不过小板凳那么高，后来长到方桌那么高了。再后来，比我姐的个头都要高了。隔年的春天，它绽放出一树的花，粉艳艳的红，映得周遭的每一寸空气都明艳起来，我家的院子，美成了一幅画。村庄的春天不缺花，有成片的油菜花，有眨巴着眼睛的蚕豆花，有踮着脚尖跳舞的豌豆花，还有色彩纷纭的小野花，可它那一树明艳艳的红粉还是跳脱出来，离老远就能看得见，云蒸霞蔚的，好像它是花的统帅。

　　我和我姐是开心的，整日在花树下走过来，又走过去。我们让桃花的影子，在身上晃啊晃的，它们多像彩色的小鱼儿。这红粉激滟的好时光，真叫我们不知道怎么办才好了。

　　戴尚银家的二丫在我家院门口探头探脑了好一会儿，她眼睛馋馋地盯着一树的桃花看。我和我姐都装作没看见她，继续在花树下走过来，再走过去。

　　二丫十多岁了，比我要大好几岁呢，个子却小得很，远没有我高。村里人都不大搭理他们一家，因为他们一家活得够窝囊的，一家子挤在窝棚似的两间黑屋子里，男人好吃懒做，女人常年病歪歪的，十天有九天躺在床上。生了两个丫头，大丫头过继给了别人家，二丫头也就是这个小名叫二丫的，是个侏儒，脑袋不怎么灵光，读小学一年级就留了两回级，村里的孩子都喊她"留级包"。

　　敏姐姐，我……我想要一枝桃花。二丫终于鼓起勇气，踏进院子，嗫嚅着对我姐说。

我和我姐都大吃一惊，这是多么无理的要求啊，一枝桃花可结不少桃子呢！何况，它开在树上那么美，我们怎么舍得攀折它。

　　我妈又病了，好几天没跟我说话了，我想让她看看桃花，兴许她一高兴，病就好了。二丫低着头说，声音里带了哭腔。

　　我姐愣住了，她和我对视了一眼，说，要不，我们给她一枝吧。我说，好的，我们给她一枝吧。我姐伸手到树上，小心地折下一枝来，我们擎着那枝桃花，跟着二丫回家。二丫妈躺在一片幽暗里，二丫把桃花举到她跟前，欢快地说，妈，你看，这是敏姐姐她们送我的。一枝桃花，瞬间把那片幽暗照亮了。二丫妈苍白的脸上，缓缓浮上桃花般的笑容，笑着叹了一声，二丫呀，这桃花真好看哪。

　　这年秋天，二丫妈走了。偶尔想起她，我总要想到那张在幽暗之中，被一枝桃花点燃的笑脸。

# 伐木丁丁

　　我们每个人的一生中，都拥有无数的记忆，而在这些记忆中，味蕾的记忆是最长久的。我们常陷入故乡的味道中不能自拔，盖因那葱花摊饼、咸菜炖豆腐、炸肉丸子、老酵馒头里，有着我们最可贵的童年和少年。它们在岁月底处，闪着鎏金般的亮，慰藉着我们庸常的日子。

　　那时，家里来客，我奶奶必竭尽全力招待，摊上一锅葱花摊饼，打上几只荷包蛋。有时家里实在拿不出摊葱花摊饼的面粉，我奶奶就着我们小孩，悄悄去问邻居家借。当然，这借，千万不能让客人知晓。我奶奶有句口头禅："让人家吃下去，才是真的。"她的意思是，说些虚头巴脑的客套话，远不及端上一锅葱花摊饼来得实在，让客人吃好了，吃饱了，才是待客之道。我奶奶是个实在人，大凡到我家做过客的人，都对她的葱花摊饼念念不忘。

　　我奶奶精于做饭。过去日子穷，口粮有限，变不出多少好吃的东西。但我奶奶仍能让我们的餐桌上不时有惊喜，寻常的南瓜，她也能做出十来种口味，今天吃南瓜羹，明天吃南瓜饼，改天吃韭菜炒南瓜、油炸南瓜条……餐桌上，她从来不曾让我们失望过，用好的味道支撑着我们的幸福，让我们不以日子苦为苦。

一食解千愁，我们的老祖先就深谙此道理。比如《诗经·雅·伐木》中的这一位，日子过得动荡不安，人心离散，连亲友间也互不往来，他陷在无穷的忧愁和焦虑中。一天，他正在庭院里面傻坐着呢，耳畔忽然传来叮叮当当的伐木声，伴之以数声鸟鸣："伐木丁丁，鸟鸣嘤嘤。"巨大的孤寂突然席卷了他。他盯着鸟鸣声传来的方向看，那里是幽幽的深谷。他知道落单的鸟儿一定栖在高高的乔木上，它不断发出鸣叫，是为寻求同伴。这个人一下子醒悟过来，原来，他竟活得不如一只鸟：

相彼鸟矣，犹求友声。矧伊人矣，不求友生？

是的，他醒悟了。他要向一只鸟学习，主动求"友生"。为此，他请求神灵做证，说他一定能做到和乐安宁。

他果真行动起来，洒扫庭院，置办酒菜，安排上一场宴会，把最好吃的，全部端了出来：酒是滤去杂质的好酒；美食既有"肥羜"，又有"肥牡"。小小的羔羊肉质鲜美，宜炖着吃。肥壮的公羊肉质肥厚，宜烤着吃。

宴席摆出的阵仗是大的："陈馈八簋""笾豆有践"。"八簋"是当时的最高规格，《周礼》规定：天子用八簋，诸侯用六簋，卿大夫用四簋，士用二簋。相当于我们今天的豪华餐——"八大碗"。想来这个人是花了大血本的。

邀请来赴宴的名单也一一列出来，既有长辈的"诸父"与"诸舅"，也有同辈的那些叔伯兄弟。他礼数周到，一一邀请到位。至于他们能不能来，他勉强不了。

宴会举办得很成功，来的人都吃得很开心，兄友弟恭。大家畅所欲言，讨论起"民之失德，干糇以愆"这样的事，都有些不屑，为了一口吃的，就丢失掉自己的美德？至于吗！吃多吃少其实不用计较，大家在一起说说笑笑，唱唱跳跳，快乐就好。

于是乎，好兄弟们醉醺醺地唱起来、跳起来：

有酒湑我，无酒酤我。坎坎鼓我，蹲蹲舞我。迨我暇矣，饮此湑矣。

意思是：有过滤好的酒呢，就拿出来招待我，没有呢，就去酿吧。鼓声呀，请敲得再大点儿再大点儿，跳呀跳呀我们跳起来。待下次得空了，我们再一起聚聚吧，共饮这清醇的美酒。

一顿美食，把原本分离的人心，重又聚合到一起。

这给我们的启发是：如果感到孤独了，就给自己做顿美食吧。如果还感到孤独，那就约个人一起吃饭吧。吃着吃着，说不定就吃成朋友、吃成知己了。

# 马戏团

　　马戏团来吾村表演，是我童年生活里的盛事一桩。

　　那会儿，吾村除了偶尔的露天电影，还有做会时的唱道情，过年时的文艺演出。寻常日子，就数马戏团最让我们期盼了。娱乐也就这么多，却一个顶一个热闹有趣，人人都投以最饱满的热情。乐，是单纯的乐，朴素的乐，全心全意的乐。不见华丽铺张，却自有它的喜悦安康。

　　马戏团很快在队里晒场上安营扎寨，搭了帐篷住，几十口人住在一起。说是马戏团，马其实并不多，也就一匹两匹的，拴在帐篷外。有孩子拔了一把青草去喂它们，它们爱搭不理的，骄傲得很。帐篷外面，牵上了长长的晾衣绳，挂了一绳的花花绿绿，轻软飘逸。那一方天地，独立成另一个世界，仿佛是顺水飘来的仙岛。

　　马戏团在吾村一逗留，就是四五天，天天下午有演出。周围村子的人，也都赶过来看。学校也组织学生包场。午后，路上络绎不绝的，全是人，喧喧嚷嚷着，五颜六色着，兴兴的，都是鲜活的趣味。

马戏团里，总有几个耍杂技的女孩，她们穿水绿的衫，水粉的裤子。或者是水粉的衫，水绿的裤子。她们跟我的年纪相差无几，脸上扑着胭脂水粉，面容姣好。她们在钢丝上腾挪扭转，把身体盛放成花朵，如水中浮莲，又似牡丹朝阳，一朵两朵三朵地开。清风明朗的天，真正叫人欢喜。

众人拼命鼓掌，拍得手都红了。有人感叹着，这些小丫头真是不简单。我奶奶怜惜她们，说："这些伢儿呀，怕是骨头都练软了。"

我那时会翻筋斗，会倒立，小胳膊小腿也灵活得很。我能从我们四队晒场，一路翻着筋斗，一直翻到家门口，那可是近五百米的距离。看着她们，我动了小心思，我也要把骨头练软。我也要穿水粉的衫，水粉的裤，像花朵一样在钢丝上盛放。

可是，我不知道怎么样才能进马戏团。

我为这事苦恼。

我缠磨着我爸，打听马戏团的事。我爸说："这些都是穷人家的孩子，家里养不活了，从小被送进马戏团去。这些孩子，早上天不亮就要起来练功，练不好要挨师傅的打。台上十分钟，台下十年功的，他们不知吃了多少鞭子的。"

我仍坚持着，我要去马戏团。

大人们都取笑我，说这丫头入了魔了。没人拿我的话当真。

我独自跑过去找马戏团的人。

曲终人尽散，晒场上残留着一地的瓜子壳子。马戏团的人在收拾道具，帐篷门口的大锅里，熬着一大锅稀饭。里面有女孩子突然掀帘出来，挂一脸泪痕。后面有声音在追着骂："叫你顶缸，你练多长时间了？怎么还学不会！跟头笨猪似的，你今天晚上觉不要睡了，什么时候把缸顶起来，什么时候睡觉！"

那女孩子看我一眼，转到帐篷后面去了。

一瘦瘦的男人跟着走出来，男人长得尖嘴猴腮的，一脸的怒气冲冲，与台上的轻舞飞扬，有着极大的不同。我被吓住，只呆呆站着，一句话也说不出，一句话也不敢问。

有人在叫："开饭啦！"一把大勺子在锅里搅。里面的人陆续出来了，一人手里拿一只瓷钵子，排着队，等着打稀饭。

女孩子们都卸了妆，顶着一张张黄瘦的小脸，漠然着。那些艳丽娇柔呢，那些水粉青嫩呢，都去了哪里？我失望极了，扭头就跑，跑得上气不接下气。

我再不曾提过要进马戏团的事。后来的马戏，我亦很少看了。

# 碗中日月

我是明朝成化年间的一只碗。

我本是一抔普通的高岭土，经过淘泥、摞泥、拉坯、印坯、修坯、捺水、画坯、上釉等一道道冗长的制作工序，我被投入一窑火中。我在里面烧制了三天三夜，身上每个细胞都在发生着裂变，似有千朵万朵花呼啸着开了。我疼得眩晕过去，醒来时，火已熄灭，那种强烈包裹着我的灼热感慢慢消散，一切骤然间静了下来。我躺在暗里头，听见自己的心跳，身体里像淌过一条清澈的河。我知道自己不再是一抔高岭土了，我已脱胎换骨，成了一只青瓷碗。

开窑了。我第一眼看见的是外头的大太阳，照得窑口金光闪闪。然后，我看见披着一身金光俯向我的一张脸，那脸上印着日月沧桑。是一个把桩老师傅，他青筋毕现的手托起我，像托着一个新生的婴儿。他对着日光轻轻晃了晃我，半眯起的眼睛里，流下激动的泪水，他喃喃说，冰片如花，色泽清冽，晶莹润透，真是一只好碗啊。

我在他的手上并没有待多久，很快就被装进一只精美的盒子里。他的手，抚摸着装我的盒子，我听到一声落花般的叹息，去吧，多多保重。我被当作贡品，送进了宫。

宫里的贵人们围住我，啧啧称奇，好精美细腻的一只碗啊。皇上把我赏给了他最爱的嫔妃。我被嫔妃用来盛冰糖莲藕。嫔妃有一双如秋水的眸子，她时常对着我发呆，嘴里念着什么藕碗冰红手，像是在等什么人。她等来的，往往都是寂寞。

嫔妃不久莫名其妙没了。我到了一个贵人手里，贵人在宫中很得势。贵人把我赏给了赫赫战功的大臣——她娘家的兄弟。我跟着大臣，从宫里，来到民间。

大臣的家里真是繁华至极，精美之物比比皆是，我夹在其中，实在算不上什么。但因我是贵人所赐，被这一家的当家主母老太君收了去。从此，我跟着她品尽人间好滋味。

都说富贵人家多纨绔。此话真正不假，这家的子孙个个不学无术，荒淫颓废，百年的家业，最后被挥霍一空，我被送进了典当行。

典当行的老板识货，他表面上装着不在意，呀，一只破碗呀。给了典当我的人几两碎银子，那家伙千恩万谢地走了。他立即把我托在掌上，细细端详，点头道，真是剔透如玉啊，好碗，好碗啊。我进了典当行老板的储藏室，那里面已收着不少好宝贝。

我真不愿待在储藏室里，我是只碗，碗要有碗的价值，空置着对我是种伤害。一日，我正暗自神伤着呢，突然听到外面杀声四起，一伙盗贼冲进了典当行。典当行的老板当场被杀，我被人掳走。

我几经转卖，辗转去了好些人家。有的人家清雅高贵，有的人家丑陋不堪。我被人供奉起来过，也被人不当回事地用来装狗食。这期间，我经历了无数的兵荒马乱，无数的生离死别，我享过富贵，尝过贫穷。明朝嘉靖年间，我到得一深闺女子手里，女子很是珍惜我，用我养过栀子花，还用我养过一弯明月。女子后因爱失意而死，我做了她的陪葬，重又回到泥土里。

又不知过了几世几年，我被考古学家挖掘出来，当成珍贵文物，收进博物馆，放到了展架上。现在，每天都有无数的目光，在我身上逗留，它们或惊叹，或好奇，或探究，或迷恋……我只沉默地看着。千百年的日月，沉淀在我身上的每一丝纹理里，那些如烟的过往，总在静夜里，响彻我的全身。

# 绿窗帘

我念初中的时候，学校新分配来一名大学生，做了我们的语文老师。这老师年轻自不必说，人又长得帅气，还说得一口流利的普通话，很得学生们热爱。

老师推荐我们读课外书。也是从他那里，我才知道《红楼梦》《水浒传》等名著。他用班费给我们买下一套《红楼梦》的连环画。我看了不过瘾，他又借书给我看。我痴迷地读着，恨不得把每个字都吃进自己的肚子里。

书中第四十回，有个场景我反复阅读，沉溺其中。只因为，它里面提到一种布匹叫"软烟罗"。单单这个名字，就叫人浮想联翩了。它的颜色又个个艳丽着，一样雨过天晴，一样秋香色，一样松绿的，一样银红的。那银红的，贾母命人拿来给黛玉做窗纱。

我不知道，若是拿这样的软烟罗，给我家的窗子做窗纱，人睡在里面，会是什么样的好滋味。

我家的窗，从来不糊窗纱的。窗帘也没有。冬天冷了，只拿一把稻草塞塞完事。其他的月份，也只用塑料纸蒙着。风一吹，哗啦啦作响。有同学不经我允许，跑去我家找我，我生气得很，又是羞耻的。我羞耻着让他望见了我家的贫寒，窗子竟是用稻草塞着的。

去老街上，我最流连的，是那些有着粉色窗帘的窗。清晨，穿着碎花睡衣的小街女子，蓬松着头，从有着那样窗帘的房子里走出来，去上公共厕所，我亦觉得美好。因有了那一挂窗帘，她们做的梦，也该是轻逸的、飞扬的。一个小女孩的期盼，也就那么多，能穿上花裙子，系条红围巾，再有一幅漂亮的窗帘，那会儿，这是她全部的美丽。

我软磨硬泡着我奶奶，给我们的房间挂上一幅窗帘吧。我奶奶想起来，当年新房上梁时，有用剩下的红布绿布，红布给我做了件褂子，绿布一直收着。她翻箱倒柜把绿布给找出来，用针线锁了边，拿几股棉线穿住，也就给我挂上了。

晚上躺在床上，我望着这幅绿窗帘，迟迟不肯睡。看灯光在它身上描出橘色的影子，它真是又神秘又高雅。

再去学校，我有了足够的资本邀请我的同学去我家玩。我说："就是有绿色窗帘的那一家啊。"

一些年后，我读袁宏道的《横塘渡》：


横塘渡，临水步。

郎西来，妾东去。

妾非倡家人，红楼大姓妇。

吹花误唾郎，感郎千金顾。

妾家住虹桥，朱门十字路。

认取辛夷花，莫过杨梅树。


我读着读着，就笑起来。诗里的女孩子实在是俏皮有趣的，还兼着有些显摆。"红楼大姓妇"——那是很有点儿钱的呀。门口栽的花树也极显品位，是芳香优雅的紫玉兰。她约人去找她，把她的骄傲给端出来，她说，我家就是门口栽着紫玉兰的那一家啊，你不要走错呀。

寻常岁月，就这样旖旎生动起来。

# 送你一朵花

　　傍晚，我刚从外面回到小区，就遇到邮递员老张。

　　老张负责我们这一片区的邮件。以前邮局事多，除了送信件、汇款单子外，所有订阅的报刊分发，几乎都是他们在做。还有些零零碎碎的事情，比如每年中高考录取通知书的派送，也要经他们的手。老张有时一天要来我们小区好几趟，我和他因此熟识。现在他几无信件可送，改送快递了。他一见我大喜，老师啊，有你的一封信，这两天我一直揣着呢，想当面交给你。然后，他掏啊掏的，从他的邮件包里掏出一封信来，递给我，感叹道，老师，现在能这么寄信的人可真不多了呢。

　　我笑着点点头，讶异地接过信来。信封上端端正正贴着四张面值四毛钱的邮票，邮票上的画面很美，是《美丽中国·牡丹江雪乡》，一个冰雪打造出的童话世界。这真让人恍惚，似乎看到从前的时光，日色很慢，车马邮件都慢。

　　回到家，我小心揭开信封上的邮票，一一抚平，收藏了。再拿剪刀，轻轻剪开封口，取出里面的信。

信是在南方读大学的一个女孩子写来的。看得出她很用心，从邮票，到信纸，都是经过精心挑选的。信纸是我喜欢的那种素雅的带着纹路的纸，柔粉的底子上，撒着一些淡红的桃花瓣，给人静美之感。女孩子娟秀的字，一个一个，落在那些桃花瓣中。

信的开头，女孩子这样写道：

　　亲爱的梅子老师，您还记得我吗？我们见过的，您当时送我一朵花。您也许不知道，正是您送的那朵花，把我灰暗的天空照亮。我能走到今天，成为现在这个活力满满的我，得感谢您。

女孩子告诉我，她是哈尔滨人，在她念初三那年，我曾去过她们学校做讲座。那段日子，正是她最灰暗的时候，父母突然离异，她的成绩急剧下滑，她陷入极度的绝望中，整天昏昏沉沉，形同行尸走肉。那天，老师让同学们都去听我的讲座，她也去了，坐在下面，她全程脑子都是嗡嗡嗡的，并没听进去多少。讲座结束了，同学们都围到我身边，找我签名，争着跟我说话。她不想凑这个热闹，却稀里糊涂被一帮同学挤到我跟前。她走不脱，只好站着，眉头紧锁，淡漠地看着身边激动的同学，一言不发。没想到我竟留意到她，冲她温暖地笑着，从怀里捧着的一束花里，挑出一朵来，递给她："宝贝，这朵玫粉的，我最喜欢了，送给你。宝贝，祝你开心哟，你不开心的每一个日子，都不是你的。"她愣愣地接过花，我又冲她笑着比画道："来，宝贝，嘴角上扬，每个笑起来的孩子，都跟花一样的好看。"同学们哇哇叫起来，羡慕地冲她喊："许仪静，你好幸运呀，梅子老师送你花了呀。"她看看笑着的我，看看手里的花，不自觉地牵动了下嘴唇，心里有什么松动了。

那朵花被她带回家，用清水养在瓶子里。后来又被她制作成干花，一直陪伴着她。每当她不开心的时候，她就看看这朵花，在心里对自己说，花好好在着呢，我也要好好的，不辜负生命中的每一个日子。她重拾信心，初中毕业时，考上了一所不错的高中。三年之后，又考上现在所在的大学。在大学里，她参加了好几个社团，整天忙忙碌碌的，又充实又开心。她说她希望能像我一样，把自己活成一朵花，美了自己的同时，也能照亮他人。

读完信，我努力回忆女孩子说的那一幕，却始终模糊——我不记得那日的事了。然那朵花的温暖，却一直在着，这使我很感动。我想，当我们手中多出一朵花的时候，不妨送出去，也许刚好有人需要它。

# 终南何有

这是一次偶遇。

几个结伴到终南山玩耍的乡下姑娘，遇到了一位贵族。贵族逼人的一身富贵气，以及他漂亮的容颜，让姑娘们看呆了。姑娘们一边偷窥着，一边兴奋地小声叽叽喳喳着，惊艳得不得了。

在《诗经》年代，如果要评天下第一山的话，人们肯定毫不犹豫、不约而同地把票投给终南山。在当时，它的名声，早已响遍九州四海了吧。它是"寿比南山"中的南山，早在一百三十多万年前，就有人类在此繁衍生息。周代的人，拿它当祖宗山、神山，称之太乙山。太乙，是商朝开国君主成汤的祭名。《陕西志》中有记载："关中河山百二，以终南为最胜；终南千峰耸翠，以楼观为最名。""楼观"，是周大夫尹喜结草为楼、观星望气的地方。传说某日，尹大夫正在那儿观望着呢，忽见紫气东来，吉星西行。他激动得不行，知道将有大事要发生了，遂屏声静气地候着。不多久，就见一位仙风道骨的老人身披五彩云衣，骑着青牛而至。这个人后来影响了中国几千年，至今还在影响着，他的名字叫老子。老子在终南山盘桓了一段日子，收了尹喜为关门弟子，为其讲经著书，留下五千言的《道德经》。

姑娘们不是来观星望气的，她们是来看山上的梅花的。早春时节，山上的梅花都开了，嫣嫣粉粉一片片。山上还有别的树木，也是姑娘们乐意见到的，比如山楸。那树的材质可好着呢，马车的车板若用它做，再结实不过了。比如枸杞。细细的枝头上已冒出嫩嫩的芽儿，刚好采了带回去吃。比如棠梨。等到四五月份再来，那时，满树洁白的花儿开好了，采下来，炒熟了磨成面粉吃，相当可口。

贵族来山上干吗呢？他是来拜山神的吧。瞧他一身盛装，说明他对此行有多慎重。姑娘们真的是头一回见到这么个华美尊贵的人，而且是近距离的。她们有些不相信自己的眼睛了：

终南何有？有条有梅。……终南何有？有纪有堂。

终南山上都有些什么呀？长着茂密的山楸和梅树呢。长着结实的枸杞和棠梨呢。啊，不对，还来了个漂亮的君子：

君子至止，锦衣狐裘。颜如渥丹，其君也哉！
……
君子至止，黻衣绣裳。佩玉将将，寿考不亡。

天哪，他穿着锦绣衣裳，披着高贵的狐裘，多雍容啊！他的脸色红润得像涂了一层厚厚的朱砂，仪表堂堂的君子就是这个样子吧！啊呀，你们再仔细看看，他的上衣上绣着的是黑青色相间的花纹呢，下衣上绣着的是五彩花纹。那绣工多出色、多精致！你们听，他腰间佩带着的美玉发出声响了，叮叮当当，叮叮当当，真是清脆好听啊。

姑娘们小声议论着，心里溢满又崇敬又爱慕的情感。善良的她们，为这个陌生的君子祷告着，她们祝他永远快乐健康、万寿无疆。

终南山默默地把这一切都看在眼里。它把他们添进它的翠峰青霭之中，成了神秘的一抹。

# 豆腐往事

在扬州，食得一道菜，以高汤煨之，若干软糯的"银丝"在碗中起起伏伏，入口即化，又鲜又嫩。众人皆不识"银丝"为何物，猜测种种，都不是。最后得知答案，是豆腐。大家难以置信，这真的是豆腐？

谁不熟悉豆腐呢？再寻常不过的一道食物，是许多人童年的味道，或曰家乡味道。

小时，家家都不富裕，日子过得清贫，平常难得见到荤腥，豆腐却是隔三差五能吃上的。一连好几天清汤寡水着，叫人提不起劲来，到饭时，负责一日三餐的奶奶，站到厨房边的草垛旁，往村东头张望，嘴里欢喜地低喃一句，好了，豆腐望子还叉着呢。她便赶紧踅进屋去，很快，手持一瓠瓢出来，里面装着一把黄豆，着我们兄妹中的一个，跑去豆腐坊里拾两方豆腐回来。

那个时候，村村都有豆腐坊，它是村庄不可或缺的一部分。吾村的豆腐坊是一朱姓人家开的，丁头府（屋子呈"丁"字形）的茅草房里，一进门就看到一口大灶，靠西边墙蹲着，旁边搁着磨盘等做豆腐的一应器具，上面雾气蒸腾。每回一靠近他们家，便闻到黏稠的乳白的香气，源源不断地从丁头府里涌出来，由不得人不深呼吸几口。小小的黄豆，身体里竟藏着那等香，竟能软嫩成那等清白的模样，这真像个奇迹。我那时人小，是不大明白这是怎么回事的，只觉得那户人家好有本事，羡慕着他们家的人天天有豆腐吃。

朱姓人家共有七口人，老朱夫妇，大朱夫妇，外加两个小子，一个姑娘，一家人都做豆腐。姑娘最小，十八九岁，巴掌大的白果脸，油亮的一根黑辫子，眼睛小小的，像两粒活泼的小蝌蚪，常穿一件白底子红碎花的棉布衫子，走路很轻快。姑娘已许了人家，男方在三十里外的老街上修钟表，家就住在老街边上，过中秋定亲时，送来的彩礼是一块手表。这让吾村人很是热议了一阵子，啧啧，一出手就是一块手表，真气派！在吾村人眼里，老街是个大城市，能住到城墙根下的，过的都是不一样的好日子，三辈子也修不到这样的好命的。

姑娘家没急着成亲，理由是她的两个哥哥都还没有成亲。两个哥哥相貌也还说得过去，不高不矮不胖不瘦的。媒人也热心介绍过，女方家刚照面时都挺满意，可一登门，态度就变了，他们家端上的热腾腾的豆腐也不肯尝的，转身走了。女方家嫌弃他们家穷，六七口人挤在一间丁头府里，除了做豆腐的锅灶和磨盘外，再没看得上眼的家具。吾村人私下里交头接耳的却是另一番话，说因彩礼的事姑娘的婚事才悬着的，他们家问人家又追要一块手表，外加一根金项链。两个哥哥是要一人一块的。男方不同意。

那年头，手表是个稀奇货，不是想要就能拿得出的。姑娘家却拿捏着男方，硬拖着，不怕男方不让步。因为男方是个腿脚有毛病的。具体怎么个毛病法，有说一条腿瘸了的。有说两条腿都瘸了的。还有说脚长得像鸭蹼，走不了路。姑娘的脸上看不出悲喜，每天在丁头府里照常进进出出，两粒小蝌蚪似的眼睛忽闪忽闪的，脚步轻快。丁头府门前竖着一竹竿做旗杆，上面系着一块破布做幌子，吾村人称之"豆腐望子"。有豆腐待售，破布就被叉到旗杆顶端，迎风招展。豆腐售完，破布就垂落下来。有时不是你想吃豆腐就能吃到的，得先看看豆腐望子有没有升起来。

我们兄妹几个是很喜欢去豆腐坊的，一遇这跑腿的活计，都争着去。我们在等豆腐拾起来的时候，可以名正言顺打量豆腐坊里的一切，特别是看那个长着一张白果脸的姑娘，看她灵活地给豆腐点卤，两只小蝌蚪似的眼睛一会儿游向这边，一会儿游向那边。真叫人欢喜。我们的一把黄豆可拾得两方豆腐。看着白白嫩嫩的豆腐，方方正正地躺在小篾篮里，欢喜的感觉达到顶峰。我们提着小篾篮，小心翼翼地走，豆腐经不得颠呢，一颠就碎。豆腐热乎乎的香味直钻鼻孔，我们一边走，一边探头去闻。手却不受控制地伸向豆腐，掰下一小角来吃，心里说，我只吃这一小角不要紧的，看上去还是一整块豆腐嘛。只是一小角吃完，意犹未尽，又去掰另一个。到家，往往两方豆腐再不是方方正正的，四面的角全不见了。奶奶照例是要责骂几句的，但下次，她还是着我们去拾豆腐。

逢年过节，我们则可以任性地吃上一回豆腐了。那时不是一方两方往家拾，而是用盆用桶装。豆腐的吃法随手边的食材而变，有时是咸菜烧豆腐。有时是菠菜烧豆腐。有时是青菜烧豆腐。有时做成豆腐羹，里面放点儿小虾米，撒点儿蒜花。当什么食材也没有时，搁点儿盐，浇点儿酱油，再滴上两滴麻油，一盘美味的凉拌豆腐就成了。年脚下，村里的豆腐坊里终日喧闹，朱姓一家人不眠不休地赶做豆腐，家家都能搬回成桶的豆腐。这时，吃不完的豆腐放露天里冷冻，冷冻后的豆腐起了孔，烧肉最好。吾村人的年夜饭必有一道豆腐烧肉。

朱姓人家的姑娘有一天突然投了河，那是来年开春的事。她家的豆腐坊沉寂了几日后，门前旗杆上的豆腐望子又升了起来。我却再不喜欢去那里了。

# 山色与我，相互浸润

　　很小的时候，生活在苏北乡下的我，对外面的世界知之甚少，除了知道有个北京有个上海外，剩下的就是重庆了。知道北京，是因为我们小孩子都会唱两句童谣："小小的船儿两头尖，我在船上望北京。"知道上海，是因为邻居家有亲戚在上海。知道重庆，则缘于我有个远房伯伯生活在重庆，我爷爷是他的亲叔叔。

　　这个远房伯伯我只见过一面，在我十岁左右。

　　仲春的天，村庄的油菜花都开好了，山呼海啸地开着，团团金黄，阳光、空气和微风，都被染成金黄的了。我家屋前的桃树也开了花，红粉四溅，三间茅草屋被溅得粉波潋滟。我的这个远房伯伯携了他的长女，又是坐轮船又是坐火车的，在路上走了十天十夜，披着一身山水之光，走到我们村庄，走进油菜花丛里，走到我家的桃树底下。

　　得知消息的本家亲戚，一个个赶到我家来，把这个伯伯和他的长女团团围在中间。伯伯拉拉这个的手，看看那个的脸，目光里漾着无数桃粉鹅黄的水波。我爷爷和奶奶向他介绍,这是谁家的,那是谁家的。他不住地点头,声音哽咽。打小离家,这是他第一次归来,乡音里,夹杂着浓浓的重庆方言。

他的经历波澜跌宕,三岁上亲娘走了,受后娘虐待。十岁那年,有部队从门前经过,他偷偷跟上,历经大大小小战争若干,数次与死亡交锋,侥幸活了下来,辗转到重庆。一次,在一户人家的猪圈里躲避空袭时,与这户人家的姑娘相识。不久后,他与姑娘结了婚,从此,在重庆扎下根。

伯伯回去后,我们兄妹几个时常遥望西南方向,天边飘过的一缕云,似乎也变得亲切。我们知道,那缕云的下面,住着一个叫重庆的地方,生活着一个我们叫他伯伯的人。那个地方重峦叠嶂,云雾缥缈,江水滔滔。我们的心,被一种满足感填充着,骄傲有,牵挂有,思念有,还有种说不清的滋味,那是对外面世界的企盼和向往吧。

几十年后,我因机缘与重庆数次相见。我曾逆长江而上,过三峡,从一座山,走到另一座山,山色与我,相互浸润;从一座桥,走到另一座桥,看湿漉漉的星子,掉在江里。从一个地下街市,走到另一个地下街市,熙熙攘攘的,都是人间烟火。夜晚,在江边漫步,万家灯火依山而起,蜜汁般的光亮层层叠叠,充满神谕。身边川流不息的,是带着麻辣滋味的重庆话,又飒爽,又清朗。走着走着,一阵浓烈的麻辣香气突然席卷而来,让人的脚步,不由得打一个趔趄。这个时候,我似乎听到重庆的心跳,咚咚,咚咚,在山水里回响着,在云雾中飘荡着。几千年来,它一直这么跳着,跳出了悠久的巴渝文化,以及近现代的陪都文化、三峡文化、移民文化和都市文化。

重庆的伯伯十多年前故去了。伯伯的孙女来见我，那姑娘已然是个地地道道的重庆妹子，皮肤水水的，说话脆脆的，笑声朗朗的。我们坐在酒店的大堂里，落地窗外，几树的山茶花开得噼里啪啦。姑娘眼睛晶亮晶亮地看着我，伸出胳膊，在空中抡了一大圈，说："姑姑呀，等你下次再来重庆，山上的杜鹃花快开好了，我带你去看。满山的杜鹃啊，山路上全落满了花瓣，你肯定喜欢。还有，我要带你去一座山上吃我们重庆最正宗的火锅，一边吃，一边看山下的江。"

姑娘的娃儿，已经能读懂我写的书了。看着她欢笑的样子，听着她热辣地说话，我的眼里，不知为何蓄满了泪。我想，重庆与我，也是血脉相连的了。虽迢递千峰，想见的人，终可以见到。

# 年　戏

一进腊月，村里就准备年戏的事，挑选能歌善舞的村民，组成文艺宣传队。被选上的村民，大多数是年轻的姑娘和小伙子。他们一旦进了文艺宣传队，一两个月是不要下地干活的了，每天只负责唱唱跳跳，队里还给记上高工分（那时是凭工分领钱的）。这样的轻巧活儿，人人都羡慕。但也只能羡慕，要有一副好嗓子好身材才行啊。

我们小孩子可有事情干了，天天跑去村部看彩排。文艺宣传队的人明知道我们要去看，有时却故意把外面的院门闩上。我们听到里面鼓乐声声，热闹得不得了，却看不到人影，急得上蹿下跳。胆大的男孩子元宝爬墙进去，被逮住了给扔出来，他笑嘻嘻地说，黑辫子挑着花担在扭呢。边说边学着黑辫子扭腰肢的样子，一条腿跌瘸了也不在乎。

黑辫子是全村最漂亮的姑娘，苹果脸，两腮上现出天然一坨红，杏仁眼晶晶亮亮的。最惹眼的是她辫在脑后的长辫子，又粗又黑地垂挂着。每年的年戏，最重头的戏，就是她挑着花担出场。她上身着缎子红袄，下身着缎子绿棉裤，肩上担着一根缠着红绸子的扁担，扁担两头，各挑着一只花篮，花篮里插满各色绢纸叠的花，在碧青碧青的冬青枝叶衬托下，红花、粉花、白花、黄花，分外耀眼。她迈着小碎步，扭着水蛇腰，甩着粗黑的长辫子，袅袅婷婷，两只花篮上上下下，随她身子的摆动而颠簸着。她轻启红红的嘴唇唱：早晨下田露水多啊，杨柳叶子青啊哪。露水多啊润麦苗啊，杨柳叶子青啊哪……嗓音又清又甜。大家每年追着看年戏，其实是追着看她。

看年戏是从大年初一拉开大幕的。黑辫子挑着花担在路头上一出现，老老少少的心，就都被勾了去。看表演去啊——一个村子都在传递着这句热切的话，脚步叠着脚步，都往晒场那边奔。晒场上早就围了一圈人，文艺宣传队的男男女女都化了妆，脸上扑着胭脂，喜气洋洋的，像是要结婚似的。黑辫子旁边围满了孩子，我们仰头看她的装扮，伸手偷偷碰碰她花担里的花，就觉得幸福得不得了。年戏是一个生产队接着一个生产队地演，我们相跟着，一个生产队接着一个生产队地看。这样的欢乐，能持续到正月十五，所有的锣鼓声，才慢慢止息。日子又跌进一潭寂静和贫瘠里去了，却在那寂静和贫瘠里，泛出些水花来，那是对下一个年的到来的期盼。我们在这美好的期盼中，一天一天的，长大了。

经年之后，黑辫子早嫁去外村，如今该儿孙满堂了吧。村子里，也已多年不演年戏了。

# 远　行

　　凌晨四点，八十八岁的婆婆咽下最后一口气，在公公离世百日后，她也走完她的一生。

　　她的离开不是突然性的，而是一再宣告着的，在众人的见证下，一步一步，摇摇晃晃地迈向终点。好比一支燃着的烛火，燃到头了，你眼见着那烛火小下去、小下去，明明灭灭着，最后完全熄灭，留下一堆寂静的烛泥。

　　寿材是现成的，早在公公六十岁的时候，他们就商量着做好了。那时，公公还是出海上船的一把好手，是有着几十年经验的老渔民。成日价海里来海里去的，公公早就见惯了生死吧，也只把死亡当作又一次出海，所以笑呵呵地谈论着，为死亡早做准备。

　　寿材的木料是他们亲自选定的，匠人是在他们亲自监督下完工的，一卯一榫决不马虎。我进他们家门的时候，赫然看见两具寿材摆在厨房的一角，乌漆发亮的。那个时候，两位身体硬朗的程度不亚于青年人。胖胖的婆婆更是雷厉风行，眼神犀利，看我时甚至有些居高临下，问，你上几年级了（盖因本人那时长得特像个初中女学生）？她以为她的小儿子拐了个初中小女生。

寿衣也是早早缝制好了的。两人虽一生贯彻着节俭之道，有时吝啬得近乎抠门、近乎不近人情，哪怕对亲生子女亦是"锱铢必较"，你的我的分得清清爽爽。然在寿衣的选料上却大方了一把，锦缎的，光滑柔软。

遗照两个人也很是郑重地去照相馆照了。照片上的他们端端正正对着镜头，眼角含笑，头发密密的，脸上不见多少皱纹。他们对这照片应该相当满意，作为一个普通得不能再普通的普通人，来这世上一遭，最后能留下自己最好的样子让后代瞻仰，这才是活过一场的价值，这才叫圆满。

这么一年一年的，寿材在厨房里摆着，寿衣在木箱子里搁着，遗照被仔细包好，放在橱柜里，他们最小的孙子——我的儿子也渐渐长大，他们也还健康硬朗着。公公八十二岁的时候，我和那人带他和婆婆去北京，他背着我的旅行包，大步流星昂昂然走在前头，不带气喘地登上长城，惹得游人们纷纷跑他身边求合影。那一天，他出尽风头。

这么一晃，又过去十年，公公一顿还能喝上半斤酒，婆婆早饭也能吃下一个麻团、一只烧饼外加一碗粥。岁月大约是发现了它的疏忽，某天，突然留意起他们来，这一留意，就露出它的狰狞，想它漫漫岁月曾饶过谁？它谁也不曾饶过的。它让公公患上脑瘤，让婆婆患上阿尔茨海默病。

起初我们还瞒着老爷子，可病生在谁身上，谁心里不清楚？公公开始有条不紊地安排后事，墓地亲自去看了好几处，几经比较，最终敲定一处，地势高，靠路边，向阳，子女们去祭拜时也方便。

死亡的脚步一天天离公公近了，他应该听得见它行走时发出的咚咚山响。他已无法从床上坐起，亦不能进食，十多天水米未进，神智却一直清晰着，谁谁谁到了他身边，他都能叫得出名字。他指挥着儿女们扯孝布，交代他死后的丧葬仪式和注意事项。要见的人一个不落地都见了，我当时在河南做讲座，他不时问那人我什么时候回。等我回来后，又一天，他才闭了眼。走时，唯一放不下的，是病了的婆婆，关照子女们要照应好她。虽然他们吵吵闹闹一辈子，但终究，也是陪伴了一辈子的人，是嵌入彼此的骨血中去了的。

现在，婆婆追着他的脚步去了。众人皆感叹，说，这才是真夫妻啊。刚操办好公公的丧事，婆婆的丧事操办起来子女们更得心应手了，一点儿也不忙乱，所需一应用品早早在一旁候着，颇似送她出趟远门，抑或是送她下趟小海，去拾泥螺，去挖文蛤。衣物备齐了，干粮备齐了，打点好行装，她风风火火地，就要启程啦！

大帐篷在门口搭起来，帮厨的上门了，和尚上门了，仪式隆重，一着不落。子女们也收了眼泪，笑迎来宾。来客们谈笑风生，喝酒吃菜。

悲伤吗？是的。然又有什么可悲呢！珍惜活着的此刻，有酒喝，有肉吃，还能看得见亲爱的人的笑脸，这就好了。我们都行走在去往终点的路上，络绎不绝。我们都终将热热闹闹地在那里会合。

# 做了一回小贼

在我五六岁的时候，做过一回小贼。

想想我家那时人气该多旺啊，三间草房子，挤着大大小小十几口人，我爷爷我奶奶，我爸我妈，我姐、我大弟和我，我小娘娘和我小叔叔（他们只比我姐大几岁），还有我奶奶的养母，我们叫她婆老太的，当时被接来我家养老。

后来我小弟也出生了。

婆老太那个时候八九十岁了吧。在孩子眼里，那个年纪的人，都老得非常遥远。婆老太大多数时候是躺在床上的，像一枚干瘪的核桃，无声无息着。那间房里搁着三张床，我、我姐和小娘娘在一张床上睡，我爷爷我奶奶带了我小叔叔在另一张床上睡，婆老太一人独占一张床。靠南窗搁一张书桌，上好的紫檀木制作成的，是我奶奶的陪嫁，上面摆着一面铜镜、一把木梳子、一盒百雀羚、一只黄釉陶罐。陶罐里装过炒米，过年时还装过糖果糕点。还有一口小闹钟。闹钟上面有只公鸡，着红冠的鸡头，不停地一上一下，它在啄食。每啄食一口，就发出滴答一声响，秒针便跟着拨转一秒。我生病时，躺床上无聊，爱盯着桌上的那只小闹钟看，一看就是大半天，也不觉时间枯燥漫长。我惊奇着那只公鸡怎么总也停不下来，它着红冠的鸡头一直在啄啊啄的，不知疲倦。那时不懂，时间哪有停下来的，时间总是快马加鞭一路向前，它不等任何人。

婆老太有时叫过我和我姐去，手指着书桌底下，说那里有很多的小踩鱼在跳，要我们去捉。我们跳着笑着，说婆老太骗人。我奶奶说，婆老太老糊涂了，阎王爷快上门来叫她了。那意思我们大体上懂，是说婆老太快要死了。我们不觉得死可怕，笑着跑进房里去，跟婆老太要求道："婆老太，你死后不要变成鬼来迷我们哟。"婆老太一口答应："乖乖，婆老太不会变成鬼来迷你们，婆老太舍不得迷你们。"我们听着，开心，忙着去说给奶奶听。现在想着，婆老太面对死亡的从容，真真让人佩服，她的衰老枯萎一点儿也不叫人悲伤，反倒有些欢欢喜喜的。一场告别也只是结束一个旅程，踏上另一个旅程，去往她该去的地方。

也就到了六月。阳光好得像透明的玻璃球，骨碌碌满世界滚着。吾村家家有晒伏的习俗，拣个晴好的天，把箱底里的衣帽鞋袜，床上的被褥枕头，悉数摊到太阳底下，暴晒。我奶奶也把婆老太的床单被褥捧出来，屋门口拉上长长的挂衣绳，我奶奶抖抖被褥，晾上绳去。我当时在边上玩耍，眼睛突然亮了，我看见一张绿色的票子，从被褥里掉出来，掉到下面摊晒着的一堆柴草里。我奶奶浑然不觉，她继续忙着晒这晒那，一会儿屋里，一会儿屋外。我却动了心思，眼睛不时瞟向那堆柴草，我知道那是钱，我亦知道，用钱可以到村部小商店里买到糖吃。

我慢慢挪到那堆柴草跟前，用脚踩住那张绿票子，趁我奶奶再转身进屋之际，赶紧抓起来，团在掌心里，塞进裤兜。却因做贼心虚，脸突然涨得通红，不敢看我奶奶。幸好我奶奶在忙碌，一点儿也没留意我。我跑过去，讨好地帮着她拿这拿那，跟前跟后。我奶奶终嫌我碍了手脚，说声："梅丫头你到外面去玩吧。"我巴不得她这么说，如逢大赦，一溜烟跑了。

村部小商店是公家开的，守店的店员自然是公家派下来的。那时，在吾村守店的店员姓吴，是老街上的人，吾村人都喊他吴会计。吴会计三十来岁，中等身材，白净面皮，戴副金丝边的眼镜，见人一脸笑，很和气。吾村人说他是文化人，对他敬重得很，屋前屋后的自留地里种点儿瓜果蔬菜的，都拣最好的给吴会计送去，我奶奶就着我送过好几回扁豆和丝瓜。吴会计感激得很，在我提回的空篮子里，放上三四颗水果糖。糖被我们几个小孩分着吃了，那意外的甜，让我快乐了好一阵子。

吴会计常年住在店里，店铺不过一间，用货架隔了，里面住人，支着床铺，床下搁着脸盆脚盆等一应洗漱用具。外头是店面，货架上摆着杂七杂八的东西：火柴肥皂、针头线脑、灯罩碗碟、铁皮的文具盒、色彩鲜艳的橡皮和卷刀，还有女人扎头的方巾等等。货架外头横放半人高的柜台，柜台的一角，蹲着两只大肚子的玻璃瓶，里面装着红红绿绿的水果糖，一分钱可以买两颗。糖自然是吃得干干净净的，糖纸是决计舍不得扔的，当宝贝一样收藏着。有一段时期，吾村孩子个个热衷于收集糖纸，我们挑一张红的，对着太阳照，太阳是红的。换一张绿的，对着太阳照，太阳是绿的。也有孩子恶作剧，拿糖纸包了虫子或泥块，伪装成水果糖，扔在路上，然后躲到一边，看路人很高兴地捡起那颗"水果糖"，他们乐得哈哈大笑。

靠店门的地方，倚墙摆着三口大缸，一缸是酱油。一缸是醋。还有一缸，装的东西常有变化，中秋的时候，是一缸月饼。过年脚下，是一缸白糖或糖果。缸边摆着吴会计烧饭用的炊具，一汽油炉子。吴会计在上面煨肉骨头，小蓝火苗一跳一跳的，肉骨头的香袅袅不断地飘出来。那时我觉得做吴会计是顶幸福的，拥有一屋子的甜和香，想吃白糖就吃白糖。炒菜时想放多少油，就放多少油。还有肉吃。

话说这天晌午，我攥着那张绿票子，在金晃晃的太阳下一路小跑，跑到小商店门口，手心里全是汗。我一眼瞅见柜台上的玻璃瓶，里面躺着红红绿绿的水果糖，每颗水果糖都仿佛在朝我招着手。我心里却慌张着，一时不敢进去，只在店门口转来转去。吴会计站在柜台里面，不知在忙活着什么，他只当我是玩儿的，也不抬头，也不招呼，小孩来玩儿嘛，只当小狗来串门。一人进来买东西，我等那人走了。再来一人，我又等那人走了。我手心里热得发烫，浑身燥热不安，瞭不见再有人来，我终鼓足勇气，走进店里去。柜台比我的人高，我踮起脚尖，举着那张绿票子，举过头顶去，小声说："吴会计，我买糖。"吴会计探身过来，他很奇怪地看看我手里的绿票子，再看一眼我，什么也没说，收下钱，从大肚子的玻璃瓶里，给我抓出几颗糖来。

我幸福地独享了那几颗糖，糖纸被我收好，藏进口袋里。然到底是做了贼的，我害怕被发现，磨蹭着等嘴里的糖味全部消融干净，并再三用袖子擦干净嘴唇，确信闻不出糖味了，这才回家。家里一切太平，婆老太的被褥，仍晾在太阳下。一堆的柴草，仍摊在场上晒。墙头下一丛凤仙花，仍开着红的花、白的花。厨房里，我奶奶也一如寻常，把碗筷摆上了桌，一大盆玉米稀饭冒着热气。家人陆续回来，也就要午饭了。

吴会计突然来我家，着实吓了我一跳，我赶忙躲进房里。

他是午后来的。他跟我奶奶在堂屋里说话，咕咕噜噜一通，我奶奶千恩万谢送他出门。我从房内出来，赫然瞥见堂屋的方桌上，躺着一张绿票子。我奶奶看见我，笑着嗔骂道："死丫头，你偷拿婆老太的钱买糖吃了？你知道这是多大的钱啊，这是两块钱啊。幸好吴会计是个好人，把钱给送回来了。"我觉得羞惭，也因东窗事发的后怕，哭了起来。我奶奶不理我，把那张绿票子收起来。晚上，我爸我妈回来，我奶奶把这事当作笑话，讲给他们听。我爸我妈亦是十分感激吴会计。我害怕挨打，就又哭了起来，呜呜咽咽抢先认错，我下次不敢了。我爸我妈口头警告我几句，没有责罚我。

这回做小贼的经历，让我好多天不敢去村部小商店，不敢看见吴会计。在他心里，我一定是个小贼，一想到这儿，我就羞愧难过得很。偏偏我奶奶着我去打酱油，我找不到理由回绝，便从箱子里翻出一件棉袄套上，我以为，这样吴会计就认不出我来了。赤日炎炎，我提着酱油壶，满头大汗走过去，一路上遇见的人都奇怪着，这么热的天，这丫头怎么穿着棉袄？我不搭理，吭哧吭哧跨进店门，吴会计诧异地看着我，乐了："梅丫头，你家大人怎么给你穿了棉袄，养痱子的啊?"

我相当惊慌，头低得没法再低，恨不得地上有个地缝可以钻进去。回家的路上，我提着一壶酱油，垂头丧气，沮丧万分，我这等把自己包裹起来，吴会计还是认出我来了，吴会计实在是个很厉害的人。

每个小孩，都有过这样做小贼的经历吧，所贪的并不多，只为那喜欢的画片，只为那喜欢的皮球，只为那喜欢的小人书，只为那向往中的一口甜、一口香，就冒着被大人们捉住的危险，做了一回小贼。偷盗的手法又幼稚又拙劣，处处欲盖弥彰，惶惶不可终日，做人有了不光明。物质的欢愉到底是短暂的，精神的折磨才是长久的，这样的滋味尝过一次，便不想再尝。

# 第四辑
# 山居笔记

　　值此时，江水奔涌，群山欢呼。我的脑子里滑过一些词句，比如，东风剪水。比如，山色软漾。比如，只此青绿。这样的时刻，堪称好时光了。

# 山居·初相见

## 一

我和那人决定到西双版纳过冬，也便来了。

从红河州过来，在路上走了八个多小时，到西双版纳时，是下午四点多。太阳绚烂，完全一副夏初的模样。

我租住的房是山坡上一幢连体别墅中的一套。这幢别墅共四套房，依山体而建，大门朝着西北。我们居中间一套，右侧边户上的一套有人住了，二楼阳台上晾着衣。其余的房子皆空置着。

房前有花几丛，是三角梅、蓝草花和扶桑。有树三棵，一棵鸭掌木，一棵鸡蛋花树，一棵桂花树。鸭掌木高迁二楼的房顶，一树青绿的枝叶撑开来，像把大伞。鸡蛋花树掉光了叶子，光秃秃的枝条在一片蓬勃的青绿中，显得很另类。桂花树给我最大的惊喜，一树浅黄细小的花开得繁密，香味撩得人的心一颤一颤的。

为这一棵开着花的桂花树，我也有理由喜欢上这座山这套房。

房东已提前打扫好房间，客厅的实木茶几上，摆着一瓶鲜花，十来枝康乃馨，外加两枝满天星，都是好颜色。旁边搁一筐的水果，橘子和橙子。楼上两个房间，加一个书房。朝东南的一间靠着山体，山花拂墙拂窗。朝西北的一间对着景洪城，外面有个敞开的观景阳台，可观远山，可俯瞰山下瘦成一条线的澜沧江。书房夹在两个房间中间，光线暗，白天也要开着灯。

把行李搬进来，稍作整理，我便换上单衣出门去逛。从家里出来时，是穿着棉服的，结果一路走、一路脱，到山上时，只能穿单衣了。山上草绿着，花开着，完全不知冬已深。

满眼蹦跳着盛开的三角梅，紫红的，大红的，莹白的，浅黄的，瀑布似的，急急地飞泻下来，沿着山体，沿着人家的房檐。也见到多多的羊蹄甲，树干又高又壮实，满枝头都缀着紫红的花，花瓣又长又卷。微风不摇，它们也能自个儿掉下来，"啪"一下，摔得很重的样子。我跑过去看，花朵躺在地上，没事人似的笑着，花瓣还是又长又卷，一点儿也没损伤。

转过一个山头，见山谷中腾起一片淡紫的"云雾"，一群草花，融融冶冶，我既惊且喜。当即查询，得知它的学名叫飞机草，从中美洲而来，是入侵性极强的一种草。想到我将与它做邻居，日日能见着，我挺满意的。

晚上八九点的时候，一轮大月亮被众多黛青色的云托着，从山后爬上来，纤尘不染。那会儿，树影幢幢，虫鸣阵阵，清洁清灵。我仰头望着，一会儿跑到空隙处，一会儿跑去树影里，好像从来没有见到过这么大的月亮。心里面除了欢喜，还是欢喜。

# 二

这里的天亮得很迟，早上七点半钟，一座山还在沉睡中。

我跑去阳台，在朦胧的静里头，站了很久。桂花的甜香参差披拂，天上月明星稀，远山的轮廓，隐隐约约。

八点多，天幕才一点儿一点儿打开。我们简单吃过早饭，下山去找菜市场。先是找到一家鲜果鲜货赶摆超市，进去采购一通。出来发现，对面就是一个菜市场，里面还有卖早点的摊子，摊子上豆浆、油条、大饼什么的都有。

我兴高采烈，跑过去把所有摊子都逛了一遍，遇到不熟悉的蔬菜，就停下来问问，皆能得到满意的答复。最稀奇的是，他们杀鸡褪鸡毛用的是原始的方法——火燎。鸡是当地百姓散养的小山鸡，价钱不便宜，一斤要四十块。贵是贵点儿，可肉好吃啊，卖鸡人蹲在火堆前一边给鸡褪毛，一边对我说。

我们后来问他买了一只鸡，回来炖上，一屋子都是鸡肉香。这是我吃过的最好吃的鸡了。

鲜果鲜货赶摆超市就在澜沧江边上，买菜的当儿，我顺便在江边走了走。江边打造得很原生态，草木繁茂，人工的和野生的相融相生，文殊兰的边上，苇和茅大大方方生长着，一点儿也不违和。最惹眼的，莫过于火焰木了。从红河州一路行来，路边就多此树，长得又高大又健壮，举着一束束火把似的红花朵，站在公路两旁夺人眼球。我当时就很迷惑，这到底是啥花呢？恨不得跳下车去问个究竟。在这里，我终于知道了它的名字，火焰木。

它果真很火焰，花朵雄踞枝叶顶端，橙红橙红的，恰如一簇簇熊熊燃烧的炉火，在蓝天白云的映衬下，分外鲜明。江边就那么直挺挺地站着，一棵棵，热烈得很是扎眼。像旗帜。像口号。如果它喊口号，会喊什么？我想，它一定会这么喊：

燃烧吧，火焰！

# 山居·冬至日

一

冬至日。这是一年中白昼最短、黑夜最长的日子。

遥想古代先民，让人生出无限敬意。他们怎么想到用土圭观测太阳，去比较太阳影子的长短的？他们经年累月地观察和探究，最终测定出冬至是在每年的公历十二月二十一日至二十三日。人类有奇迹种种，这是伟大的一种。

来西双版纳好几天了，我和那人慢慢适应了这里的晨昏节奏。

晨起时，天还乌黑乌黑的。山上也有了点儿冬天的意思，空气微凉，得穿上厚衣服。昨日清晨蛰伏在桂花树上鸣唱的虫子，今晨没听到它开口。许是大梦未醒，又许是被冷吓住了——这里的虫子，怕是没有冬眠之说。

我去楼下煮了一锅汤圆，庆祝节日。我的东台一到冬至，菜场就会增设好多摊子，专门卖汤圆。过去只有实心汤圆，现在生活条件好了，花样翻多了，馅料种种，变着法子吃，有桂花馅儿的、花生馅儿的、豆沙馅儿的、荠菜馅儿的、芝麻馅儿的……叫人应接不暇。对生活执着的热爱，就在那一口一口的汤圆里了。西双版纳以傣族人和哈尼族人居多，他们没有冬至日吃汤圆的习俗。

邻居家的门灯一直亮着。我跑去看了看，很想送一碗汤圆过去。但他们家的大门紧闭着，没见有人出来。门前一丛三角梅，兀自怒放着红。他说，算了吧，还不知道人家是哪里人，有没有这风俗，爱吃不爱吃呢。我想想，也是。遂作罢。

汤圆吃完，我出门转了转。山上草木显得很是水灵，我疑心夜里是下了露的。伸手去摸一棵草上的叶子，湿乎乎的。真的是下了露呢。我为草木们高兴，旱季里有露可饮，可喜可贺。

遇见花，免不了去问候一下，龙船花、假连翘、扶桑、三角梅、粉扑花、茶花，个个都是丰丽富饶的模样。原谅我，我忍不住掐了几朵，带回来插。我为自己开脱：这里的人也经常剪伐花枝，委实是，它们的性子太猛烈了，开得又多又野，我掐几枝对它们而言，无关痛痒。况我带回家，是好生相待着的，对这几枝花而言，也是不可多得的缘分呢。

遇见一棵长满"菱角"的树，树干上密密麻麻，结满"菱角"，且是些老菱角。尖硬的角，不容置疑地拒绝着他人亲近。它却拥有个很有意思的名字——美人树。是要等到春天开花，才能领略到它的壮美的，那时，一树缀满紫红的花朵，轰轰烈烈着，不见一枚叶子。

冬至来了，可以数着日子盼春天了。

# 二

清晨八点左右，天才放亮。外面挺清冷的，有点儿类似于江苏的秋凉。我套上厚外套，出门去找日出的方位。我要看日出。

来山上快一个星期了，还是不大辨得清方向。山路十八弯，也不知它弯向哪里去。只能仰头望天，通过云层的厚薄、光线的浅淡和色彩的变化来判断方位。我挺乐于这么做的，咱古代先民不就是这么看天行事的吗？回到混沌，万物都拥有着神秘性。每一次探究完成，都是一次巨大的胜利。

我和他顺着山路，七绕八拐地上山去，不时仰头察看天上的情形。日出前的天空如同女人分娩，分分钟钟都在剧烈的阵痛中，云彩聚了还散，散了又聚，色彩从浅淡，到深沉，从简单，到复杂，是有惊天的事要发生的。当一个山头上的云越聚越多，色彩也愈来愈鲜明亮丽，很像一炉将燃起的炭火，我和他不约而同一指那儿，肯定地说，那儿一定是日出的方向。

我们跑向那里，站到山顶的一个平台上。平台下方是一峡谷，峡谷是缓缓滑下的。谷畔辟有一条小径，少有人走动，飞机草蔓生，成千上万的紫色小花密密麻麻，酿出一笼笼紫雾轻烟，缓缓飘浮着。我有点儿看呆了，觉得美妙，美妙极了。

一只黄毛大狗从这里经过，迈着不紧不慢的步子。它看看我们，又看看飞机草。停一停，再看看对面的山头，摇摇尾巴，又不紧不慢地继续走它的路。

天上的云把一座山头给罩住了，密集得不留一丝缝，好像谁铺开一条云彩的毯子。太阳还裹在厚厚的云里面。他说，太阳爬到这里来，大概还要等些时间。我看时间，已八点半了。这崇山峻岭的，太阳要跋涉而来，还真有些不容易呢。

突然，雾起，在山山谷谷间弥漫开来，天空的色泽在雾中淡了去——看来今天是等不来日出的了。我轻轻地愉悦地叹了一口气，说，走吧。并不遗憾，我饱览到一天空的云，是另一种收获。

回时的路上，又遇到在山谷旁看见的那只大狗，它还独自在散步，在一条林荫道上。它大概天天走惯了这些路，每天都要走走，看看路边的花呀树的，想想远方的山头。

"一个人到世界上来，要爱最可爱的、最好看的、最好吃的。"想到木心说的这句话，我笑了起来。其实，不仅对人来说是如此，对这只大狗来说，也是如此啊。

# 三

下午五点半出门，跑去山顶等落日。

这个时候，太阳还很热烈，光芒万丈，不能直视。

我不急，沿着山路慢慢走，一边认认路边的那些植物。山上植物太多，我也不急着要一下子把它们全部认清，每天认识一两种，就好了。

路边一枝黄花，吸引了我的目光。山上红花太多，火焰花是红的，三角梅是红的，粉扑花是红的，茶花是红的，铁海棠是红的，扶桑是红的……这枝黄，就显得格外特别了。我走近了细细端详，它的模样类似于凌霄花，也是呈喇叭状的。又像一只张大的嘴，里面有深深的纹路，一直抵达"喉部"。查阅得知，它的名字叫黄蝉，属夹竹桃科。故乡在巴西。很喜欢它的名字，黄蝉、黄蝉，黄黄的一只小蝉，很俏皮。

六点十分，我爬上山顶平台。太阳像只被吹足了气的气球，渐渐鼓胀起来，颜色由洁白变淡黄，变橘黄，最后，变成橙红。像只熟透了的结结实实的果实。周边的云，如浪涛般前呼后拥，向它奔涌而来，它被它们托举着，像颗奇珍异果，大放光彩。这时候，一条壮硕的云"鳄鱼"，从"惊涛骇浪"中游了过来，它大张着嘴，嘴里的牙齿粒粒可见，它要来吞食夕阳这颗奇珍异果了。我屏住呼吸，紧张地看着。近了，近了，它的牙齿咬上了"果实"了！一口，一口，再一口，这"果实"的味道大概实在不错，它慢慢品尝着，咀嚼着，夕阳就那么一点儿一点儿的，被它吞于腹中。前后大约经历了半刻钟时间，我看得热血沸腾。边上有在清扫的清洁工，她扶了帚看我激动的样子，笑了："我们天天看这些，不稀奇的。"

我"哦"了声，回她一个笑。我想，她能天天看到这些，她真是富有呢。她大概是不知道她是富有的。然知道不知道又有什么不同呢？她与这块土地，已完全地相融相生，这也是一种深情。

# 山居·结识植物邻居

一

早饭后，我和他转到山的另一边。那边有木牌指示——雨林幽谷。

顺路走过去，果真见到一幽谷。谷边有房两三幢，是做民宿用的。房前种满花花草草，整饬得很有风情。民宿的主播正在阳台上做直播，我听了一耳，声音清脆动听，她夸这里幽谷纵深，环境优美，空气清新。我深以为然地点点头。

一条小径延伸到谷旁，谷旁有一观景平台。站在平台上，视野一下子开阔起来，近处远处的山峦均落入眼里，蜿蜒起伏。薄雾笼着，一个个看上去，都是水灵清秀的。飞机草漫山漫谷开着。在这里住了二十年的徐波听我说起飞机草，她笑了，说，这花一开，西双版纳的天气就冷了。我好笑于她所说的"冷"，这里再冷，也不过相当于我们家里的仲秋天，不要太舒适。可这里的人却怕冷得很，这种天，是要穿上厚厚的线衣的。也有穿薄羽绒服的。

飞机草的花近看模样愁人，像一只只张牙舞爪的小蜘蛛。稍稍离远了看，却美得有些动人心魄了。一丛小花开着，密密的，腾起一片淡淡的紫色的雾，很有点儿仙气飘飘的意思。

夜里是下了露的。我跪伏到地上，看一些萼距花上的露。它们多像小婴孩额上沁出的汗水啊，甜得叫人的心软绵绵的，不知怎么爱这孩子才好。花朵含露，如灵魂出窍了。我这么比喻也许不通，管它，在我这里就通了。

回时，捡到三朵掉落的火焰花。它们原是开在空中的，只能仰观，现在，我终于瞧见它们的真容了。它们的模样真奇妙，好似东北唱二人转的人手上抛玩的那块帕子，滴溜溜转呀转呀，转成一朵火焰花了。我把三朵花摆在客厅的茶几上，它们的余热尚在，给客厅添了暖意。

余下时间，我在房里看书，画画，习字。偶尔去阳台上坐坐，闻闻桂花的香气，听听几只鸟闲聊。它们聊它们的，我听我的，彼此相安无事。

# 二

被雨声从梦中惊醒。

感觉到一座山在狂欢，呼啦啦，呼啦啦。是雨声。是风声。是草木发出的欢呼声。我终于深切体会到什么是"山呼"了。对处在旱季中的西双版纳来说，上天赠送的这一场雨，等同于雪中送炭。

七点半，天渐渐亮了，雨也渐渐小了。门前的桂花，经雨水调拌，香味更是浓稠起来。我拉开门，它"哗啦"一下扑过来，香得没魂没胆的，我差点儿被它扑了个趔趄。

　　出门去看雨后的山景。一路的树木花草都是欢欣鼓舞的。上天不偏不倚，遍洒甘霖，这些树木花草无论大小，无论强弱，都被一视同仁相待，它们一个个便都开怀畅饮了一番，绿的更用力地绿着，红的呢，更用力地红着，它们以此来回报大恩。我在一朵扶桑花前停下，它因一场雨水的润泽，更显妩媚，如刚出浴的美人。山鸟快乐地鸣叫着，从我们的头顶飞过。

　　太阳从山后爬上来，被厚厚的云层裹着，光芒挣脱云层，把半个山谷照得透亮。雾霭起，也不知是从哪里起的，神奇般地，瞬间占领了大大小小的山头。那些山头，就如大海中的一扁舟了，随着浪头，浮浮沉沉。

　　有朋友问我，你在山中住，可寂寞？

　　我笑了，山中每日里都有各种热闹在上演着的，哪里会寂寞呢？

　　又识得一植物，名叫紫锦木。它顶着一头秋天盛景时的红叶子，让我误以为是乌桕。我在树下转半天，捡得一枚掉落的小叶仔细辨认，确信它不是。后我拨开树下绿植，在里面发现它的子孙——一棵小小的紫锦木，我顺利摸清了它的门派。

　　它属大戟科，跟乌桕同宗，原产印度及热带非洲，四季常青。叶小巧可爱，两面均红，入冬红色加深，以此来回应季节的问候。它又名俏黄栌。我立即联想到《射雕英雄传》里的俏黄蓉了。不知它可遇到一个它喜欢的"靖哥哥"。

几只小鸟飞来，在它的枝头蹦蹦跳跳。

# 三

夜里，被骤雨惊醒，一声响雷，炸在耳畔。

雨真是大，敲得一座山都震颤起来。我索性不睡了，听雨好了。门口的一棵鸭脚木，满树的叶子似鸭脚张开，雨打在上面，如敲架子鼓。我又辨别出雨落在桂花树上的声音，丁零零的，似细小的铃铛相击。路对面是棵大榕树，雨落在那上面，简直是在开演奏会了。

雨是音乐界的多面手。

早晨，雨停，我们是要去山上看看雾岚的。

也总是遇见那个扫地的女人，穿蓝紫的工作服，头戴宽檐帽，年纪在五十上下。她持着把大笤帚，扫路上的落叶与落花，扫得认真极了，边边角角都照顾到。最初她会主动向我们问好："早上好。"老远她就递来这么一句。后来，我们主动跟她打招呼，站下来和她聊几句。我说："辛苦了，你天天把地扫得这么干净。"她有些意外，笑道："不辛苦，这是我的工作。"

今日，我问她有没有吃早饭。她赶忙笑回："吃了，吃了，随便吃了点儿。"

"你们人真好。"我跟她告别，继续往山上走时，她对着我们的背影，说了这么一句。

我揣着她这句话，微笑着，感念着。我们其实什么也没做，除了"色悦"之外。而要对人"色悦"，是轻易就能做到的。

我如愿看到山上的雾岚。看到一个亭子顶上，铺满落花。是羊蹄甲的花。一旁高大的羊蹄甲微微弯下枝头，像一个和蔼的人，弯下他的身子，谛听大地说话。

　　"我见青山多妩媚，料青山见我应如是。"辛弃疾这么说还真不是狂妄。"色悦"是活在这世间最好的一张通行证，对万事万物，通用。

　　回时，意外见到香蕉花，着实被它惊艳了一把。太美貌了，跟朵荷似的。未开时，像。绽放时，更像。荷结出莲蓬，它结出香蕉。人类坐享其成。人类太幸运。

# 四

　　很早就醒了。其实，也不算早，清晨六点。但对西双版纳来说，这个点，梦正酣着。

　　我推开阳台的门，想望望天上有没有星星。结果雾蒙蒙的，啥也没瞧见。却意外捕捉到一些虫语，唧唧，唧唧，如家里的秋虫吟唱。在这山上住着，四季如夏，不知这些虫子是否会向往北方虫子们的清冷和冬眠？

　　天光慢慢散开，是七点半往后的事了。

　　出门散步，看到落花，我把它们捡起来。

　　路上掉太多，羊蹄甲的、火焰木的，好多都是完整的，那么鲜艳，那么热烈，若被人踩了、被车碾了多可惜。我把它们堆放在路边，让它们紧紧相偎，相互取暖。

　　新识得一种植物叫旅人蕉。它的叶片太有意思了，一左一右，分列于茎的顶端，好似一柄巨型折扇。叶柄坚硬结实如木头。敲之，发出梆梆之声。我很想扛一把这样的"大折扇"，在大街上走上一走，那将是什么风情？光想想，就开心得不行。

它也是开花的。佛焰苞花。盛开时如同纸叠的纸鹤，一抹淡淡的绿。

我深喜它的名字，旅人蕉，旅人蕉，每个跋涉中陷入饥渴的旅人，遇到它，都能得救。它的叶片基部可以储存大量的水，剖开它的叶柄，就能喝到里面甘甜的水了。它是肩负使命而来的呀。

它自己果真是个旅人，从故乡马达加斯加，漂洋过海走到中国来，走到西双版纳，是不远万里了。

山路上也掉落许多黄叶子、红叶子、褐色的叶子。黄又有多种的黄：嫩黄，浅黄，橙黄，土黄，金黄。红亦是有多种的红：淡红，大红，绛红，洋红，橙红，砖红。褐亦是多种的褐：浅褐，土褐、棕褐、深褐、黄褐……尤其是一种叫细叶榄仁掉落的叶子，秀气得如同一尾尾五彩斑斓的小彩鱼。阳光透过树隙落下来，在地上铺出一道道光的水波，那些"小彩鱼"就如活的一样，在"水波"里摇头摆尾。我自然又被迷住了，蹲下来看了好久。

还意外遇到几盆斑叶竹秋海棠，在一个尚未收拾完好的院子里。主人家门户洞开，也无人出入，听说在昆明另买了房，这房是要出售的。我路过好多次了，每次都要朝他们家院子里看看，那儿摆着不少盆栽，有三角梅，有铁海棠，有绣球花，有各种多肉，还有好多盆太阳花。另外种了好几棵桂花树，都正开着花。想主人一定是个极爱花的人。今天路过时我没忍住，从洞开的院门走进去，一眼就看见了斑叶竹秋海棠。它那很有特点的叶腋下，已抽出两枝心形的花蕾。在东台的家里，我种得最多的，就是这斑叶竹秋海棠了，阳台上，书房里，客厅中，哪儿哪儿都有它的影子。它极好种，土里种得，水里也种得，你若怕麻烦，掐一枝插清水里，它也能长得精精神神的。

我挺激动的，悄悄掐了一枝，带回房间，插在一矿泉水的瓶子里，端端正正摆到我的电脑旁。我敲字累了，一抬头，看到它，心里会荡过一丝暖流。家在五六千里之外，亦不觉得远了。

# 五

这里的清晨，总是多雾。

我喜欢爬上山头，去看山谷里的雾岚飞腾起来。只见连绵的山，没在雾里面，山峰忽隐忽现，如一扁扁小舟。我总忍不住想，那些"小舟"会载着什么呢？除了树木花草，日月星辰，应还另有些活泼的生命，比如小松鼠。散步时遇见过几只，在一棵蓝楹树的树枝上腾跃，如小鸟一样快活。比如，人。好多山头都住着人。我所立的山头，在他人眼里，不也如雾中的一扁舟吗？想起自己曾写下的一句话：我们都乘坐着同一个星球，我们理应该相亲相爱。

再读苏轼的《记承天寺夜游》，还是喜欢。一字一字抄写下来：

元丰六年十月十二日，夜，解衣欲睡，月色入户，欣然起行。念无与为乐者，遂至承天寺寻张怀民。怀民亦未寝，相与步于中庭。庭下如积水空明，水中藻荇交横，盖竹柏影也。何夜无月？何处无竹柏？但少闲人如吾两人者耳。

连标点符号算进去，这篇小文不过一百字。我每次读，每次都被这样的月夜感动，那份闲情闲意，还有珍惜与珍重，几人能共？

如眼前山上的晨雾，如梦似幻，只是少了闲人如我罢了。

新探得一条下山的路，因少有人走，草径入荒芜。

我是真喜欢这样的"荒芜"。无丝竹之乱耳，无人声之劳神，如同回到《诗经》年代，有种苍远澄澈的清宁。

鬼针草顶着几朵小白花，在草径上摇曳。我弯下腰去，跟它打招呼。有点儿替它叫屈，这小小的白花，多清秀悦目啊，可以说是荒芜中的一股清流，偏偏被人叫成了鬼针草。依我说，叫它仙针草还差不多。

遇一种蓝紫的花。我如撞见一个落难的小公主。它实在太美貌了，纵是陷身荒芜，也难遮它的映丽出尘。它有着长长的花茎，每一枝花茎上，顶着一"朵"蓝紫色的小花，这"朵"小花，其实是由无数朵小花簇生而成，像一颗蓝色的珍珠。因晨雾的氤氲，花朵上晶晶莹莹，看上去，越发像颗奇珍异宝了。

自然要追问下它的芳名、它的家园。它的芳名叫蓝花野茼蒿。这名字实在太潦草了，跟它的美貌不相匹配。好在它也不在意这个，叫它这个叫它那个，也只是人类的一厢情愿罢了。

它的家园在热带非洲、马达加斯加一带。它是怎么跑到西双版纳落户的呢？是乘着风而来，还是被哪只飞鸟带来的？不得而知。

我因有它在，这座我待着的山，便更是显得不同凡响。我确信，在这座山上，我是见到它的第一人。此等缘分，叫命中注定，或叫不早不晚。

# 山居·走山

去走山，是临时起的意。

本来也只是惯常的散步，打算只在山上随便走走。遇见虾衣花，我还停下来观赏半天。觉得这名字真是绝了，它的确就像一只烤熟的大龙虾。

走到山顶平台，俯瞰峡谷，见到一条细若游丝的小路，直通谷底，我的好奇心又被挑逗起来，谷底有什么？我一定得去看看。

他被我怂恿得兴致高涨，我们小心攀扶着峡谷边的一些植物，一步一探地走下谷底去。眼前突然视野开阔，各色野草野花遍布谷底，多的是飞机草和鬼针草，好像它们才是这里的原住民。还遇到漂亮的鸭蹼草，着实让我惊喜了一番。我只在春天见过鸭蹼草开花的。这里的鸭蹼草为数还不少，混在飞机草和鬼针草里，粉蓝的花俏立于细细的茎上，如稚嫩的小蝶儿晃晃悠悠，一派天真。

意外见到一个种菜的老人。他正挥锄对付着夹杂着石子的山土，山土坚硬，他显得很吃力。谷底有他整出的一块菜地，像在荒漠里辟出一块绿洲。菜地里种着生菜、苦菜、红薯和南瓜。红薯的藤蔓牵了很多，东一朵西一朵的红薯花开得快活极了。紫色的小花，娟娟秀秀，模样像极了牵牛花。苦菜也开出细碎的小黄花。南瓜也开出花来，褶皱的花朵，很大的个儿，傻愣愣的。

我夸奖："您真不简单，种出这么多的菜来。"

我是出自真心。这样结实的土壤，该挥下多少锄，才能供养出一棵蔬菜的芽来？老人谦虚："哪里不简单，就瞎种了点儿东西。"

"这里全是你一个人种的吗？"

"是啊，是我一个人。年轻人不会来的，其他人也不会来的，他们找别的事做。我年纪大了，做不了别的事了。"

我问老人多大年龄。老人告诉我们，七十多了。

看他样子，真不像，结结实实，身子骨硬朗，站立有姿。

"您真不像七十多，您像六十岁。"我说。

老人一听，呵呵乐了，话多起来，他说他是楚雄人，原来是当兵的。退伍后，被分配到这里来垦荒。

"当年这里全是荒山野岭的。"老人说。

我们点头，没有打断他的话。

"我们在这里，一锹一锄一刀一斧，硬是把这些荒山，都种上了橡胶树。"

"那些年啊，"老人说到这里，直起腰来，手撑着锄头柄，望着眼前的山，半眯起眼，"那些年，我们可吃了不少苦。"

"现在这些山头，都不是我们的了，都被有钱人买走了。"

"外面物价高啊，我得种点儿菜贴补贴补，可省下不少日常开支。"

菜地旁有两个蓄水小塘，老人看看天色，太阳刚好被一片阴云吞了。老人有些高兴地说："看来要下雨了，我今天不用浇水了。我们这里旱季里雨少呢。"

不知道怎么接老人的话，我便去拍南瓜花、红薯花、苦菜花，又把相机对着老人，我征求老人的意见："我给你拍张照片好不好？"老人很高兴地答应了，他直起腰来，很认真地整理好他的衣裳，戴正他的帽子，郑重地对着我的镜头。

问老人的家在哪里。他遥遥一指，说："翻过这座山，在山后头的洼地里就是。"

我们顺着他手指的方向看去，一条细如青蛇的小路，弯弯曲曲游上山去。那是他独个儿用双脚踩出来的。

# 山居·小寒

一

今日小寒。

这里最高气温二十九摄氏度。我的东台，只有六摄氏度，且下着雨。离东台没多远的高邮，已飘下一场雪。微信朋友圈里看到高邮的朋友穿着厚厚的羽绒服，撒欢地在雪地里打滚。雪铺得很厚的样子。

风该吹来梅花的消息。每年这个时候，我是要出门寻寻梅花的。梅枝上该簇满了花苞苞了，有的已迫不及待，把些红的颜色粉的颜色泄露出来。特别是那一点点红，像极美人眉心的朱砂痣。若是下过雪再看，一粒粒含雪的花骨朵，很像糖津果子。

我最想念的，还是蜡梅。这个时候，蜡梅开疯了吧？植物学家们很严谨地说，蜡梅不是梅花啊。然多数人是不予理睬的，管它是不是呢？从给它命名始，人们就把它跟梅捆绑在一起，它与梅，是分不开的了。暗香浮动，说的是梅花。蜡梅若香起来，那香绝对不是含蓄地浮动，而是来势浩大，是无法无天的一种汹涌。

这里却微风清爽，阳光和暖。门前的鸡蛋花树，开了两朵花了。上面还是一片叶子也没有，它一边响应着冬天，一边呼应着春天。

山上不时见到有旅游大巴开来，装着一车的人，一径往雨林幽谷去了。雨林幽谷那边一排民宿，我和那人常去逛，每回去，都听到民宿里头的人在直播，夸这里环境多好多好。"负氧离子超多。"他们说。

站在幽谷的平台上，可以清楚地看到对面的山峦，一座连着一座，起伏婉转。十多天的时间，山的容貌变化是迅捷的。第一次见到时，满山青碧，树木葱郁，很夏天的景象。前几天去看时，小半边的山坡上已红了叶，如秋天。今天再去看时，整座整座的山，都被染成斑斓色，山上的树木仿若经了霜，是冬日盛景了。

季节也没有忘记这里，终于呈现出冬的一面。

# 二

午后，山头移来一片黑云。只罩着山头这一处，别的地方，照旧是蓝天白云，响亮地晴着。

这是要下云头雨了？我看着天空想。

果然，风起。隐藏在谷底的风，好像一直蓄势待发着，这个时候一齐蹿了出来，像唤醒了十万头沉睡的狮子。房子对面的榕树的枝叶，被刮得如同海啸一般，叶子们啪啦啦四下里逃窜。那场景，如同遇上土匪打劫。我担心着榕树会不会被连根拔起，又担心着我住的房子会不会被吹走。

雨跟着来了。先是零星的，敲打在一些植物上，咚咚有声，仿佛调琴师在试弦。很快，节奏急促起来，噼里啪啦，噼里啪啦，豆大的雨粒，滚滚而下。弹至高潮时，落下的竟是颗粒状的冰雹，像小石子似的，在地上急速地滚着。我生怕冰雹把桂花树上的花给敲没了，伸头看看桂花们，竟是无一丝惧色，安安然接受着冰雹的捶打，没见一朵掉落。

雨来得急，去得也快，前后也就持续了十多分钟。收尾处，曲子变缓，零星的雨滴，弹跳着，弹跳着，渐渐没了声息。天上的云痛痛快快洗了个澡，慢慢散开，一朵一朵的。原先一身的黑，全都洗净了，变得白暄暄的，像刚出锅的馒头了。

这个时候去山头上走走，是最舒适的了。一通雨水的浇灌，万物都舒筋活血、神清气爽。云雾缥缥缈缈，山翠拂人衣。

# 三

每日在山中徜徉，生活简单宁静，更易品出时间的味道吧，每一寸都是缓慢的，带着质感和芳香，不觉时光悠悠。

我走着昨天走过的路，看着昨天看过的草木，听着昨天听过的鸟声虫语，依然是兴冲冲的。我总能发现一些新颖的事情，比如说，树上几只鸟说的话，跟昨日的有所不同。今天它们似乎起了争执，有一只鸟情绪特别激动，不停地说着，切切，切切，切切，切切……咬牙切齿的，它的声音一时占了上风。另两只小心地唧啾，唧啾，一两声后停一下，再唧啾，唧啾，似在委婉地劝说。我站着倾听良久，觉得有趣，有趣极了。鸟为什么事而吵呢？是为了谁多吃了一个果子、一只虫子？山上的野果子多的是，一棵高高的树上，挂满黄果子，它们吃不下，乱啄着玩，地上铺一堆了。它们定不会为了吃而吵嘴，那么，是因为感情的原因？那只发脾气的鸟，许是求爱被拒了。这么设想一番，我独自乐了很久。

还遇见一只小小的鸟，跟只蝴蝶差不多大。它似乎特别喜欢羊蹄甲的花，从一朵上，跳到另一朵上，翘起它的小尾巴，把头埋进花朵里，灵活又灵巧。这也让我看了很久。

意外相逢夜来香。这花我见过的次数屈指可数，也就那么一两次吧。一次在大理，人家院子里长着，开着细白吊钟形的小花，从墙头探出来。人告诉我，夜来香。听过邓丽君唱的《夜来香》，曲调缠绵："夜来香我为你歌唱，夜来香我为你思量。"所以诧异得很，这细小的花，何以惹上那么缠绵的情思了？还有一次，在勐海的一家茶园里，茶园主人的院子里，长着一棵挺高的树，开着花，花香浸满院子。主人说："夜来香啊。"我也没好意思跳起来摘下花来细细看。在我感觉中，夜来香是藤状的植物，它怎么可以长得那么高大？

然而，它的确是树，又叫夜香树。枝条细长而下垂，确如藤状。这次，它是以藤状的模样，出现在我跟前的。细长的枝条，垂挂在一堵石壁上，花枝从叶腋处抽出，上面缀满白绿色的小花。可能是大白天，香气不显。摘下花朵凑近鼻孔，那香就很撩拨我的嗅觉了。

捡了些红红的狐尾椰的果实，很漂亮，可放在越南藤编成的小篮子里作清供。东南亚一带，把它叫作千丝菩提。很有意思的叫法。

# 四

东南亚第一长河澜沧江，从唐古拉山一路而下，多少咆哮，多少跌宕，到达西双版纳景洪市内，脾气已温和了许多，一条青绿的玉带子似的，打了个漩儿，留下几汪青塘，又一甩袖子继续往南，一径往边境去了，没入崇山峻岭中。

下山，去江边走走。人多，三五一群。有人带了地毯来，铺在江边草地上，躺那儿，似乎在那里生根了。有人带了老人来。老人坐在轮椅上，被推着走，他们脸上都是笑微微的。我看到，免不了多看几眼，心里既感动也羡慕，等我老了，走不动了，我儿子会不会也推我出来，再看看这个世界？

江边有蓼花，有鬼针草和飞机草，也有好多鹅卵石。因是旱季，水位不高。有人没到齐腰深的水里垂钓。这成了一景，路过的人，有好奇的，会驻足看。江对岸是告庄，高耸的房屋，倒映江中。我疑心，那人会把一幢房给钓起来。

黄昏的余晖，越过一些树木，染亮了一掬江水。那掬江水，像披着五彩的衣，就要跃上岸来似的。我和他去捡鹅卵石，江水浸泡过的鹅卵石，就像海里的贝壳，呈现出千姿百态。我每捞起一个，都像捞着一个宝贝了。

一簇青葙站在江边的浅水滩中，一枝枝穗状花序，像胭脂染成似的。它是水里的神。

青葙是种颇有历史年代的草，足迹几乎遍布全世界，很有些神通广大的。我们的先民曾唤过它草蒿、萋蒿、昆仑草、百日红和鸡冠苋。我觉得还是青葙的名字最好，很富诗意，符合它神性的身份。

回来时，我们揣了一口袋的石头了。知情人得知，笑了，江边那么多的石头，还不都是石头而已，有什么好捡的？

我可不认同。当它被我的眼睛看中，当它被我的手洗濯过了，它就成了天底下唯一的一个石头，价值连城呢。

# 五

山上与山下，虽近在咫尺，却好似两个世界。

到山下去购物，人堆里走着，身侧车流滚滚，我的身体产生强烈不适之感。采买完东西，赶紧溜回山上，这才长舒一口气，四肢也随即放松下来。

住在山上的人，有从内蒙古来的，有从山西来的，也有从四川、重庆来的，更多的是从东北来的，那里冬天太过寒冷，有条件的人家便像候鸟似的，一到冬天便跑到南方来。彼此都不熟悉，便极少来往，整个山头多数时候是安静的，只闻虫声、鸟声、风声和叶落声。

这里叶子的掉落，动静是非常大的。我住的屋子对面，长着一棵大叶榕。最初两天，我老听到门口有嚓嚓嚓的响动，好似有人在我门口走动。开门去看，又不见人。后来才找到响声的来源，原来是榕树叶子掉落下来。有风吹的时候，它掉落。无风吹的时候，它也掉落。啪啦一声，再啪啦一声，我都替它疼得慌。

有时我们在路上走，听到一阵沙沙沙的声音，很紧很密很大声，以为下雨了。抬头看天，天空的确有些阴阴的，却不见雨。没说的，又是叶子们在捣鬼。路边长着几棵紫锦木，叶子沙沙沙地在掉着呢。

"好故事"家门前，长着一棵火焰木，从我们来到山上的时候，一树的花就在开，大簇大簇的"焰火"在燃烧着。这都一个多月了，花还昂昂然开着，似乎从不曾少过一朵。可树下，分明铺着无数朵落花。

"好故事"是我和那人帮他取的名。他年纪约莫六十出头，喜欢穿一身红衣裳。他在他家门前置一张摇椅，摇椅旁搁一张圆形茶桌，茶桌上摆一瓶绢花。他爱躺在那张摇椅上翻一本书。那人眼尖，有天告诉我，他翻的是本《好故事大全集》。

他看书时，那郑重其事的仪式感，还是挺感染人的，愉悦了我们很久。

# 六

停电，从早上六点，停到晚上十一点。

现代生活真是离不开电了，它和水和空气和盐一样重要。我有点儿慌张，那可怎么办？要不，下山去，找一家咖啡馆消磨时光？

但我很快打消这个念头。这是老天要让我好好享受一段慢时光啊，为什么不享受？

搬了凳子、椅子到门口露台上，读书吧。天光不用借，大把大把的，闪着清亮橙红的色泽。不远处一棵紫锦木的叶，红得透透的了。鸡蛋花也开了三朵了。桂花还在持续放着香。它真能香，我来了三十多天了，它就香了三十多天。

摊开书，摊开笔记本，这样读书，可真是幸福，读到好处，顺手记下来，写点儿随感。

读累了，拔脚就走，山上哪里都是好风景。往山头去，或往雨林幽谷去，完全听凭我的心意。今天想去雨林幽谷转转了，那就去雨林幽谷吧。

一路走，路边的植物我已认识得八九不离十了。走了这么多天，都老面孔了嘛。可还是会发现一些新朋友，比如重瓣臭茉莉。它躲在一棵旅人蕉下。要不是它的花朵那奇特的模样，还真不容易被我发现。

它可真够奇特的。多朵白色的染着紫红的肉质小花，簇在一起，每朵花伸出长长的花丝，像个打扮前卫的美少女。凑近了，气味却直冲人的鼻子，难闻得很，叫人亲近不得。这不是它的本意，而是守护它的叶子们搞出的鬼。它们生怕它们貌美的小公主被人揩了油，故此，整出臭臭的气味来，叫人望而却步。我被逗乐了，植物界里，也有不少绝顶聪明的家伙呢。

读到一首写臭茉莉的小诗，写得可爱极了，跟这样的花朵，实在般配：


我是春天吃剩的那半截蛋糕
我奔跑在广袤的旷野

甜腻腻的奶油

滴落在山间

那就是我，一朵朵乳白色的花儿

涂了浅紫色的胭脂

你来啊，记得带蜡烛、火柴

还有你想对我说的话

# 山居·买菜

## 一

很喜欢逛菜市场。

景洪城内，大大小小的菜市场有几十家吧。我最喜欢的是那种小小的，露天的，摆摊的全是当地百姓，他们卖自家产的鸡和蛋，卖山上采来的菌和菇。

今儿去逛的一个，在靠近曼丢枫村佛寺那边。目测百十来个平方的露天里，摆满了小摊，从吃的，到用的，到穿的，应有尽有。

年轻的傣家姑娘，正用小盆炭火烤大饼。她的炭炉架上，摆着一堆烤熟的竹筒饭。那大饼两面烤得金黄，差不多有脸盆那么大。我刚吃过早饭，不饿，可还是抵挡不住诱惑，一边看她烤一边问："这什么饼?"她答："大饼。好吃的，我自己烤的，你要买吗?"我简直无法拒绝了，问："怎么卖的?"她伸出一只手："五块钱两个。"我于是买下两个，提在手上。

卖水果的摊子上，竖着个纸牌子，上书红字：十块钱三斤。水果有菠萝、百香果、人参果、杨桃、各种橘、葡萄、西瓜、香蕉、青皮大枣、苹果。蓝莓和草莓是另外算价的，每天一个市价，在十块到二十块之间涨落。我自然又忍不住，看着蓝莓又大又新鲜，买了一些。看着菠萝，嘴里就泛起酸水来。十块钱，挑了三个，很沉。

山药差不多有成人的腿那么粗。南瓜花成堆卖。一傣族老妇人打扮得好是漂亮，上身穿件对襟红线衣，脖子上围着条缀满流苏的紫色围巾。下身着一条蓝底紫红斑点的长裙。长头发拢到一处，在脑后盘起，上面插了根红簪子。她嘴上淡淡涂抹了一层口红，耳朵上戴着金色耳环，眼神晶亮。想她年轻时肯定很惊艳。她的摊子上卖的东西极少，一小堆生菜，估摸着有两三斤。一小瓷盆喃咪，她说是她做的。还摆着一只土布制作的小包。我问她："你摆的东西怎么这么少？"她答："不少了，卖掉就好。"

我是想买点儿她制作的喃咪的，可那东西我吃不来。那小包我拿起，又放下，不知买来做何用。最后，无限抱歉地走开了。走一圈回头，她还坐在摊前，守着她的三样东西，沉沉静静亮亮丽丽的，让我想起画家莱昂·奥古斯丁·莱尔米特笔下《拾麦穗的女人》。

二

还是喜欢去附近的傣族寨子里买菜。

寨子门口设有自由摊位，都是当地村民自家产的蔬菜。鸡也是自家散养的。鸡们山上山下随便跑，练就一身好肌肉。卖的价钱比别的市场上的略为贵一些，可冲着这纯天然的，值得。村民们还会在山上捡到些"山珍"，他们会摆出来卖。

比如今天碰到的野山药。

我从没见过那么壮的山药，像只丰满的猪蹄膀。卖它的女人扎花头巾，着红袄，口罩蒙住了大半张脸，露出里面的一双大眼睛，晶亮晶亮的，额上皱纹如波。她笑嘻嘻地说："山上挖的呀。""挖下去有这么深……"她张开双臂，比画给我看。我瞪大眼，惊奇地说："那不得挖出一口小井来？"

她听笑了。我也笑了。

她的摊子上还摆着木瓜三个，老生姜两袋，新生姜一袋。她说就摆这么多，卖掉就回家。

问她明天是不是还在这儿摆摊。她笑道："不一定呀。明天假如没有东西卖了，就不会来。"

"不来摆摊，你做些什么事呢？"

"做的事可多啦，上山走走啊，说不定又挖到山药了。也可能会采到一些菌菇啊。有的时候，也去工地上做工。反正是要干活的，不干活浑身就难受。"她扭扭腰，踢踢腿，扑哧笑了："我就是个劳碌命。"

旁边卖甘蔗的中年男人，一直笑着听我们说话。这时他插嘴道："我们做惯了，一闲下来就生病。"

女人介绍道："他是傣族的，我是藏族的，我们在一个寨子住。"

我很突兀地问："你们也过年吗？"

女人说："过呀，二月一号过年嘛，没多少天了嘛，我们都在做准备的。"她忽然停下来，笑着冲卖甘蔗的男人一努嘴："他们傣族人不过年，他们最隆重的节日是泼水节。"

我看向男人，男人笑着，向我推荐他的甘蔗。有紫红和青白的两种。

"哪种最甜?"

"都甜。白皮的我们这儿的人以前都不吃，都做蔗糖用。我们以前种得最多的是紫皮的这种。"

"这些都是你种的?"

"不是啦，我批发的。地被收走了，种不了啦。"

"哦，是这样啊。"我不知说什么好，就问他买甘蔗。他从一堆甘蔗里，认认真真挑了好久，挑出一根他认为最甜的，卖给了我。

# 山居·做客半坡寨

跟谢哥去他堂妹家做客。堂妹住在大山里头的半坡寨。

这是基诺族人的一个寨子，离景洪直线距离不足十里，但我们愣是走了一个小时，因为全是盘山路，山连着山，山叠着山。山上长着橡胶树，这时节，都在换叶子。老叶子的面孔，呈现出回光返照的艳红，很是漂亮。山山因此而斑斓。

谢哥介绍，半坡寨整个寨子的人，几乎都跟他沾亲带故的。他侄子的妈妈，就是土生土长的半坡寨的人。侄子的外公外婆、五个舅舅，及一个姨妈，目前都还在寨子里住着。

谢哥不是基诺族人，他是在基诺乡长大的，他父亲是汉族人，在基诺乡行医多年。他妈妈是哈尼族人。小时他们的家，就安在基诺乡。

谢哥堂妹家今天做了一件很隆重的事——杀年猪。寨子里的人，都跑到堂妹家来吃年猪了，堂妹也把所有的亲戚全招呼上了。寨子里的风俗就是这样，每到年脚下，家家杀年猪，大家轮流吃，一个腊月，肉香不会断。

我们到达时，猪早已杀好，肉已烤完，先分食了。吃饱的孩童们在门口空地上撒着欢。狗也扎堆撒着欢。鸡也扎堆撒着欢。堂妹家的院子里人声鼎沸，花花绿绿一片。山坡上的房子里也满是人。山坡上面还有山坡，那里也有房，房里也满是人。有人端着菜盘子上坡去。

几张矮桌上，摆满菜肴：炒肉片，煮肉片，炒猪肝大肠，拌猪血……一拨人吃完，又一拨人上去，菜源源不断着，吃掉会再被添上。酒是自家酿的苞谷酒，一杯一杯，也没谁吆喝，端起来就喝。没人劝酒，没人劝菜，自取，自便。

我们扎进人堆里，找了些空位子坐下。谢哥的外甥另去烤了些肉，炭火旺旺的，肉在上面嗞啦嗞啦作响，香味直冲人鼻孔。这场景，叫人血管里的血液汹涌。不怎么吃肉的我，沾上盐巴，一连吃了好几块烤肉。真香啊！

当然香，猪都以食草食谷物为主，很少用猪饲料。旁边圈栏里圈着十几头猪，我初见到，吓了一跳，那一身油光金黄的皮毛，简直贵气逼人啊。除了这金黄的猪以外，就是黑色的猪了。街上有专门卖黑猪肉的，说是山猪。

桌上坐了两个基诺族人。他们不说基诺语，说是很少说了，也只一些老人会说。他们说的是云南方言，我听得一知半解。他们说，寨子里的人是有地没田，一家都有几百亩的橡胶树地，在山上呢。早些年，胶价贵着，一公斤胶可卖到四十六块钱。那时，家家都发了财。割胶苦，得凌晨两三点去割，割到早晨八九点太阳上来，胶就收住了，割不了了。每到割胶时，他们都是晨昏颠倒的，白天睡觉，晚上劳作。现在胶价跌了，但维持生活还是可以的。寨子里现在也没穷人了，不愁吃喝了，住房也改善了，日子蛮好啊。他们现在既不能算是农村人，也不能算是城里人，过的是半农村半城市的生活吧。

因要赶夜路下山，酒筵未散，我们提前告辞。无人恋恋挽留，你来，自便。你走，也自便。院子里还聚集着不少人，大概是要吃个通宵的了。走到寨门口，我回望时，只见一轮明月，被山头托着，皎洁明亮。

# 山居·大寒

## 一

今日大寒。山上最低气温十四摄氏度，最高气温二十四摄氏度。我的东台，气温在零到六摄氏度之间。

六点多我就醒了，山上当然还在梦中，一片寂静。

推门见月。月在偏西北方向，挂在一棵鸭掌木的枝头上。我静静凝望了它许久，它也静静凝望了我许久。有雾弥漫山间，除了月光笼罩的一处是亮的，别处都影影绰绰。不闻虫鸣，叶落有声。

心是平静的。初来山上时的惊奇惊叹，逐渐被淡定从容取代。再看见火焰木如火苗腾腾燃烧的花朵，我不再激动得哇哇乱叫了，我只含笑看着，向它行个注目礼。再望见这种蕉那种蕉的，我也不再莫名惊讶了，我若无其事地经过它们。对蓝天啊白云的，我也不再稀奇了。就像最初当地人对我的惊奇不以为然，语气浅淡地说，这蓝天白云我们天天见啊。每天的日落，又庄严又神圣，又隆重又华丽，这样的大场面见多了，我也不再像刘姥姥逛大观园似的了，而是很能够气定神闲地看着，最多是在心里叹一声，美啊。

美的还有星空。雨是间或落一点儿的，来得快，收得也快。比如昨天吧，狠狠落了一阵子雨，天昏地暗的，摆出要下上几天几夜的架势。可等我转身去削了个苹果，再来阳台看时，雨已消失得无影无踪。白云飘过来，阳光洒下来，刚才的雨落，仿佛只是一梦。但雨到底还是落下痕迹，整座山被洗得清新出尘。天空也被洗得干干净净。夜晚的星星，一颗一颗，也像被洗过澡似的，格外亮堂，如新鲜的樱桃。

对这样的星空，我也不惊叹了。也不再半夜里爬起来看了。每天都有得看啊，晚饭后绕着山头转一圈，一抬头就是了。

在这里生活，一切都慢下来，人可以像一粒种子似的慢慢出芽，慢慢长叶，慢慢抽茎，慢慢结花苞。人可以清晰地看到自己内心的所需所求。回来做自己吧，整座山说。

站山头，环顾四周，看到一些高层建筑如雨后春笋，拔地而起，对这座山呈包围之势。我有些担忧，这世外桃源般的山头，终究是要被尘俗的迷雾给淹没的吧。我且暂享这片刻的好，陶然忘机，做一回小神仙。

## 二

很奢侈，山上竟下了一天的雨，至傍晚才歇。

按捺了一天的云朵们，这个时候急吼吼全跑出来撒欢了。它们在天边兴风作浪，把一座座山头，当皮球踢来踢去。夕阳如同被打散的蛋黄，洒到哪朵云上，那朵云就变得绚丽耀眼。天边出现了魔幻的一幕幕，如倾倒了一座海洋，水底生物个个鲜明，斑斓多彩，摇曳生姿。

我是看呆了的，这样美妙的黄昏，可遇不可求啊。

这边夕阳还没完全消融，那边的月亮，已在椰树、鸭掌木和榕树间穿行。刚好是月圆时分，一颗又大又肥又圆的月亮，真像一朵饱满的牡丹花！

这里的傣族人爱以花入馔。他们吃芭蕉花。吃炮仗花。吃鸡蛋花。吃紫荆花。吃南瓜花。简直无花不欢。不知这会儿他们一抬头，看到天上一朵硕大的"牡丹花"，有没有摘下它来炒着吃的冲动。

我在月下走了很久，从一个山头，转到另一个山头，月亮不辞辛苦地跟了我一路。想起苏轼所感叹的："且夫天地之间，物各有主，苟非吾之所有，虽一毫而莫取。惟江上之清风，与山间之明月，耳得之而为声，目遇之而成色，取之无禁，用之不竭……"为这天地之慷慨馈赠，我又幸福得无可无不可了。

# 三

山上的"夜"真是好长，早上七点多了，月亮还清清亮亮地挂着，只不过是从东边山头，移到了西边山头。

月亮是忙了一整夜了，忙着给万物织梦。清晨的最后一个梦是织给谁的呢？虫子们还在梦中呢喃。鸟儿也还没睡醒。这里的鸟睡眠真充足，反正"夜晚"长着呢。白天它们相当精神，歌喉亮得很。

我起床，总是先推开阳台的门。桂花的香，冷不丁扑过来，让我打出一个香喷喷的喷嚏。这树桂花太叫我感激了，我来了一个多月，它就持续给我送了一个多月的甜香。我在阳台上喝茶，一探身子，随手从树上取下几朵来，扔进茶杯里，那一口一口的甜香，就进入我的肺腑。想到一些天后，我将离开这里，我一定很想很想这座山。而这棵桂花树，是我最不舍的吧。

哗啦啦，哗啦啦，对面的榕树又在掉叶子，声音鼎沸。时令更替，以肉眼可见的速度，在这里进行着。我前几天去雨林幽谷那边，看到红了一山的橡胶树，昨儿再去看时，已几乎全掉光叶了。在山上扫地的大姐告诉我，马上新叶就会长出来了，等新叶长好了，又可以割胶了。

在山上随便走着，也会时不时碰到一棵掉光叶的树，脉络毕现，很冬天的样子。我确信，几天前见到它时，还是满枝的浓密。

意外遇见郁李树，有十多棵之多，长在一个坡旁。裸露的枝头，已绽放出三五朵糯白的小花，很秀气。我起初以为是梅花，心里一阵激动，这里也有梅花？但走近了细瞧，它与梅花还是有区别的，枝条不像，花朵也不是很像。查询得知，它叫郁李。有别名叫爵梅。大约从前也有人误把它当梅花的吧，故给它的名字按上了个"梅"字。李时珍是这么解释的：

郁，是馥郁也。花、实俱香，故以名之。

210

它的枝头，结着一簇簇小花苞，如幽暗的水里，挤着一群一群小蝌蚪。我暗自欢喜，过几天，我要来赏它满树的花。春天也快来到这座山上了。它是春的信使。

# 山居·山上之树

一

山上种植了很多果实极大的树。

这话其实说得有点儿多余。南方的树，基本都结很大的果实。那是因花朵硕大，所以孕育出的果实，几乎无一不是以"大"为特征的。

菠萝蜜不消说了。每次看到，我都替树累得慌。沉甸甸的果实像个弹药包似的，几个一组地拴在一起挂着。树不累吗？树肯定也累。所以，有的果实是攀着粗粗的树干的。还有的果实，干脆趴到地上去了——从树根处结出来。

椰子树太高了。椰头一般沉沉的椰子结在树顶，因为高，也没人去采，只任果实那么挂着，熟了自己掉下来。幸好它们不是长在道旁，要不然，你走着走着，一不留神，就被椰子砸了头，那可不是闹着玩的。我仰头望着的时候，总忍不住想，有没有鸟儿尝试着用喙敲开它，喝里面的椰子汁？

狐尾椰子的果实是留着赏玩的。卵形的果实，缀在一起，成熟了会自动掉下来。它们都有着鲜亮的红色，看着很喜庆。

山上还长着几棵莲雾，果实漂亮如莹润的宝石。我曾跳起来摘了一个吃，味道不是我喜欢的。

羊蹄甲、洋紫荆等豆科类的植物，果实都带着豆类家族明显的标志，如豆角一般的荚果，长长地垂挂着。

今日散步，遇见一老人持一根长长的竹竿，对着树上褐色的荚果敲下去。

我好奇地问："这是什么？"

老人答："酸角啊。"

"酸角是什么？能吃吗？"

老人好笑地看我一眼："能啊，是很好吃的水果。"

"这也是水果？"我看着那褐色的蚕豆角一般的果子，惊奇了。之后就满山去找酸角树。这一找，找出不少棵来。酸角外面的壳有些毛糙糙的，果肉黏糊糊的，包裹着如菩提珠一般的黑色种子，味道酸酸甜甜。这味道我不是很喜欢。

后来，又遇见两个女人在摘杨桃。山上种的杨桃树真不少，有的树上果实熟了，自动掉下来，成了蚂蚁们的下午茶。杨桃的口感各人各喜欢吧，我是吃不来这种水果的。看看可以，淡绿色的，有棱有角，挺养眼的。

我住的房子旁边，有块空地，空地周围，长着五棵腊肠树。这树的名字让我叫绝，结出的果实，真的如一根根风干的腊肠。

一个男人持了竹竿过来采这些"腊肠"，说用它泡茶喝，可缓解便秘之症。他叫它，便秘果。这个人送了我几根，我剥开尝了尝，挺好吃的，有风干的桂圆的味道。

这里的许多树木花草都有药效，当地人全知道。一般的小毛小病，他们都自己治，喝点儿什么树的皮泡的茶，吃点儿什么树结的果，拔点儿什么草、摘点儿什么花熬汤喝下去，也便全好了。

# 二

叫不出那棵榕树的名字。

但我知道它是榕树。它从树冠上垂下好多条气根，气根又缠上树干，七扭八拐，遒劲苍然，古意森森。好似一个修炼到家的书法大师，大醉之下，挥毫泼墨，飞龙走蛇，成就佳作。

它长在接近山顶的一条路旁。我散步，每每要从它身边走过。来山上两个多月，我与它相见了不下七八十次了。我看着它一树的叶子掉光。这几天，它又长出一树的新叶，泛着溪水一般的浅绿和淡褐，叶片长长的，稍稍卷着。像烤好的鱿鱼片。

上午的阳光照耀着它，它的每片嫩叶子，都呈透明状态，里面游走着一丝丝金线。仿佛它的血液是金色的。

今日午后我再次经过时，看到树下有几个人，正热切地仰着头。树顶枝丫上站着一瘦小的傣族妇人，在采摘着什么。她身上背着的一只布挎包，已是鼓鼓的。她手脚灵活，蹲高爬低，很是敏捷。她这一生中，看来没少上过树。

我一时没看明白，问："你们这是采什么呢？"

树下人笑了，说："采叶子啊。"

我傻傻问："能吃？"

"当然能吃啊。"他们一齐笑起来。其中一人递我一枚嫩叶子，告诉我，可以炒着吃，也可以凉拌着吃。"不过，你们吃不来的，味道有点儿苦。"她说。

我拿着那枚叶子，放嘴里嚼了嚼，的确很苦涩。但傣族人却好这一口。他们还吃许多奇奇怪怪的野菜。我曾去过他们家做客，桌上有一半"菜肴"都是山上挖的野菜。他们洗洗就端上桌了，有的叶片上还长着小刺，他们也丝毫不在意。他们蘸上自制的喃咪（相当于汉族人的酱，有酸的，有辣的），塞到嘴里，大口大口吃，吃得很享受。我也试着吃过两口，质感糙得很，味道也很苦。他们笑："就是吃那苦味啊，对身体好呢。好吃！"

# 山居·过年

一

山上过年的气氛日渐浓郁。物业忙着给各家派送春联和福字。路斜对面住着东北一家人，老夫妻和大女儿，上大学的外孙放了寒假也跑来了。他们在门口的树上挂上了一串小红灯笼，又在门口铺上了大红地毯，年味一下子出来了。

住左侧的邻居挺神秘的，他们家的大门一直紧闭着。我来了快两个月了，只有一次，看见有个女人的身影在阳台上闪了一下，随即隐到屋内。我根本没看清她的样子，无法判断她的年纪。有个男青年偶尔出入，每回推门出来时，手上必提着一袋垃圾。他的衣领竖得高高的，脖子和头埋在里面，看不清楚他的眉眼。他一径从我们门前走过去，把垃圾扔进垃圾桶，然后走人。衣领依然竖得高高的，脖子和头埋在里面。

我和那人对女人和这个青年作出种种猜测：

他们是一对私奔出来的情侣？

或者，女人是男青年偷养的外室？

又或者，女人做生意亏了，跑山上躲债来的？

又或者，女人患了不能见光的病？

一个圣诞老人的挂饰挂在他们家的门上，从我住到山上来的时候，就见挂在那儿。不知是他们挂的，还是之前的房客挂的。我默默打量这间沉默的房子时，总感觉有目光从楼上窗帘后面射出来。我抬头，对着那扇窗户笑了笑。我希望我的笑能被里面的女人看见。我希望她能走出来，外面的世界多好啊，有那么多的树，那么多好看的花。

山上的火焰花还在开，跟悬了一树的红灯笼似的。

# 二

跟山上的几个清洁工混得很熟了，她们的打扮非常一致，穿一身雪青的工作服，戴一顶宽宽的遮阳帽，帽子连着围脖。这里的太阳太烈了，女人们正常出行都要戴这样的帽子。

清洁工都是山下村子里的，有傣族人，有彝族人，也有汉族人。因为打扮相像，我分不清她们谁是谁，看上去像孪生的。她们会使用同一种方言，她们聊天的时候，我是一句也听不懂。

我和那人每天早中晚，都会在山上遛一圈，也总能遇到她们，人人手里拿一把大扫帚，低头清扫路上的落叶。恰逢换季，地上的落叶前赴后继，她们就得时不时来扫了。她们扫得很认真，路边角落里的，都剔扫干净。人家屋前的，她们也负责扫，一直扫到人家屋檐下。她们只要一见到我们，总是欢喜地问候，我们也欢喜地回应。有时，隔老远我就先递过去问候，特别是早晨，我很喜欢对她们说出那句"早上好"。她们回应我"早上好"这三个字时，是带着露珠的清泠的。

我们偶尔聊几句。我会问问村子里的事。她们说，村子里的人都以种橡胶树为生，这些天橡胶树正换叶呢，没胶可割了，都在家喝喝酒打打牌，乐着呢。她们早上六点钟在家吃过早饭，天还没亮的。然后出门，翻过一座山，再爬到这座山上来。

我说："很辛苦啊。"

她们笑着回我："不辛苦。"

我问她们："要过年了，你们放假吗？"

她们说："不放假的。这里的地还要扫嘛，不然会脏的。"

我又问："那你们也过年不？"

她们笑了，说："也过呀，现在大家都过年嘛，过年更要干干净净的嘛。"

她们的笑容很干净，真叫我喜欢。


# 三


大年初一。

我的水仙不早不晚，掐准时间似的，在今晨开了花。不多不少，三朵。

我想到老子说的"道"："一生二，二生三，三生万物。"又因

"三"是个无极数，这是否预示着新的一年，万物都有个重新开始的机会，困扰人间多时的疫情，也将结束？

早上吃了汤圆，这是老家的习俗。我保留着，以示对节日的尊重。

山上寂静，住这里的人，大多选择出去游玩。我们在空空的山头上逛着，遇到清洁工，很热络地打招呼。又遇到小区物业的几个保安，他们并排往山上走去，一脸淡漠。就在他们要与我们擦肩而过时，我递出笑脸，招呼道："嗨，过年好啊！"他们一愣，转而人人脸上都绽出笑来，停下脚步，热情地回我："早上好，过年好，恭喜过年发财啊。"

人与人之间的隔膜，有时只要一句问候，就能把它推开。当你心存善意，收获到的，也必是善意的吧。

我和他这么讨论着，看天天好，看山山好。

有游客上山来，像我当初初上山时一样，拿着手机，不停拍，看什么都好奇。他们拍火焰花，拍似瀑布飞泻而下的三角梅，拍那些高高的狐尾椰。我很理解地笑笑，从他们身边走过去。

新识得一种花，叫红萼龙吐珠。聚伞花序，朵朵绯红。原产非洲。

陪山上的一只孔雀玩。它黏人得很，我走，它跟着走。或跑到我前面，或在我身侧，一路相跟着。我拍图一张，旁配这样的文字：

大年初一，人家遛狗，我在山上遛孔雀。

# 山居·万物发光

一

小鸟婉转，它们是这座山上的精灵。

太阳从山后爬上来，携带着亿万束光芒。遇见谁，就分谁一束。一幢房子收下一束光，那幢普通的房子，瞬间金碧辉煌起来。一棵树收下一束光，那棵树上的叶子，瞬间发生奇妙的变化。比如木棉树，新长的小叶嫩嫩的，本是褐红的。当光顺着嫩叶的纹理，像水一样地流入它的内部，整片小叶闪闪发光，像极了透明的小金片。

我望着那些发光的"小金片"，陷入沉思，原来，每片叶子的身体里，都藏着金子的。光，是一个发现者。那么，我们每一个人的身体里，是否也藏着金子呢？当光照着他，穿透他，他的灵魂，也会闪闪发光的吧。

山上的郁李花也都开了。零零星星的，有几十棵。春天来到这座山上了。

我下山，到半山腰去看。我记得那里的空地上，长着十多棵郁李，我答应过它们，等花开好了，要去看它们一树簪花的样子。

我一边走，一边看，"春到人间草木知"，一点儿也没错。眼中所见植物，无一不是崭新的模样。木棉树、凤凰木，还有一些榕树上，也都冒出些新芽芽。鸟雀的嘴里，也似衔着春，它们每叫一声，就掉落一朵颜色。掉在鸡蛋花上，鸡蛋花就开出一朵浅黄的花。掉在木棉树上，木棉树便长出一枚新绿的叶子，结出一个红红的花苞。

几天未见，空地上的郁李花全开了，一朵朵洁白无瑕的花儿，堪比梅花。蜜蜂嗡嗡其上，撅着肥圆的屁股，大半个身子都埋在花里头。清风那么软，它们顾不上的。太阳那么晴明，它们顾不上的。

值此时，江水奔涌，群山欢呼。我的脑子里滑过一些词句，比如，东风剪水。比如，山色软漾。比如，只此青绿。这样的时刻，堪称好时光了。

## 二

清晨，好一场大雨降临，哗哗哗的，好似响着飞瀑。

我醒了，因这场雨而不想起床。这该是耳朵享受盛宴的时候了。古人云，画船听雨眠。给足了时光的静好与安谧。我呢，是枕山听雨眠，"睡美雨声中"。

人睡在山上，也如同睡在波浪之上。似穿越过去，与那个叫韦庄的人劈面相逢，含笑致意，心照不宣。是啊，什么也不必说，一起听雨吧。嚓嚓嚓，沙沙沙，哗啦啦……尘世的好梦，都在绿波浪上荡着呢。

大约一小时后，雨止。天青色破烟霭，朝雨浥清尘，一座山洁净得如同初生。

这个时候，千万别在屋内待着，去山上走走，看天，看树，看花，听鸟鸣雀叫，一切的一切，都是刚刚沐浴过的。这个时候，无论视觉，还是听觉，还是触觉，都带着一份水灵灵。

雨雾晕开，花朵格外娇艳，每一朵上，都似镶着珠宝了。那人见我对着一丛三角梅痴痴发呆，遂口占两句诗：

山上一场雨，花中露珠透。

我大笑："这都哪跟哪啊。"

他说："雨露不分家嘛，这花上之雨滴，可不像露珠？"

"像，像极了。"我哈哈一乐。

清洁工们又在清扫，雨打湿的地面清扫起来不大容易。我跟她们打过招呼后，我说："今天这地难扫呢，辛苦你们了。"她们齐齐笑答："不辛苦呢，慢慢扫好了。"

她们笑起来，很像雨后的好天气。

# 三

山上的早晨，不知不觉提前了。七点过后，天门慢慢开了，光的小兽被放出来，漫山遍野跑着了。

这个时候，我喜欢站在阳台上，看不远处的群山被光惊醒，它们睡眼惺忪，气质上显得很迷离很柔软。

我买来的水仙，开完最后三朵花。这次，它共给我捧出了二十一朵花，把家底全给我亮出来了。门前的桂花，在陪伴我近两个月后，终于谢幕了。萎了的花朵，类似于枯了的草叶，风一吹，掉落地上，化作泥土。树木花草最朴质最动人的一点，就是它们的赤诚。它们从不藏着掖着，鲜妍时，它们呈现给你看。枯萎了，它们也呈现给你看。在它们，盛和衰，喜和悲，都是一种寻常。

鸟雀多起来，歌声密集，如沙沙而下的小雨点。春天要来到山上了，鸟雀们一定是为这个歌唱的。

一棵美丽异木棉树的新叶子已长全了，一树的淡金色，不比花开时逊色。我仰头望，刚好晨光来照，片片淡金的叶片，变得黄澄澄的，闪亮耀眼。

我不免想了些别的。比如，一棵树的追求是什么？是为了长叶、开花和结果吗？当它完成了生命的一轮之后，它有没有厌倦？

比如，光有故乡吗？若有，它的故乡在哪里？

每一个生命体，都有自己的使命。树的使命是帮助记录四季的吧。

每一个生命体，亦都有各自的光。光的故乡，应该住在灵魂里。

# 四

山上有一种鸟，"叫"起来的声音似敲竹筒，没完没了地敲，笃、笃、笃，笃、笃、笃。这声音盖过所有鸟儿的叫声。有时，整座山没有别的声响，只有这"笃、笃、笃，笃、笃、笃"之音，像小和尚在念经。

我们决心去找找这声音的来源。

我们跑到这座山头，声音却在那座山头响起。我们跑到那座山头，声音却在我们身后响起。这调皮的小鸟！

午后散步时，却在无意间撞见了它。那会儿，太阳正烈，气温高达三十摄氏度了。我抓了一顶帽子扣在头上，我喜欢这个时候出门去看山，一座山在大太阳的照耀下，好似水晶球似的，发着光的。所有的房屋都发着光。所有的植物也都发着光。

山上的植物中，我仰慕火焰木。它真能开啊！这都开了几个月了，还举着一头的火焰，就跟举着奥运火炬似的。榕树和木棉，还有小叶榄仁，它们的新叶几乎在一夜间长成。是啊，明明昨天见着时，枝条上还是光光的，今天再见，光光的枝条上已坐满新叶。

耳边又传出"笃、笃、笃"的敲竹筒之声，循着声音寻去，终于看到它，一只绿身子的小小鸟，在一棵凤凰木的树杪。我赶紧拿手机对焦，把镜头拉到最大，它可真是只漂亮的小小鸟，不过婴儿拳头大小，头顶有一撮橙红，背上覆着橄榄绿，两翅是褐色的，翅膀边缘染着黄绿色，尾巴上镶一圈黄白。

查资料得知，它是斑姬啄木鸟。它每"笃"一下，就除去一个害虫。想到满山的树绿花红，都有它守护的一份功劳，不能不对这小小的鸟儿，充满由衷的敬意。

# 五

山上的天亮得早了。

七点半，天幕"哗啦"一下子拉开，序曲也不要，直接就进入主旋律。放眼望去，只见雾霭漫漫，天光是拌了橙红和桃粉的，似乎舀上一勺子，加点儿淀粉，就可以蒸出好看又好闻的米糕来。真叫人温柔啊，温柔得想对所有生灵友好。

我在这样的晨光里读书，差不多读上一个小时。然后，简单吃过早餐，就出门去，绕着山头散步。山有朝阴的一面，必有朝阳的一面。绕到朝阳的一面，眼中所见之物都沐在金光里，包括，行走着的我。我想，若是在不远处的楼台上，有人望见这时的我，是不是像观赏到一幅画呢？"这是个浑身披着金光的人哪！"看见我的人会不会这样感叹？

山谷边有户人家正在装潢房子。他们家有面大阳台临着山谷，站那阳台上，可以俯瞰一整个山谷。早晨，装修的工人尚未到，大门是大开着的，我溜进去，想裁剪一段风景，意外收获到一幅上等的"油画"。

这会儿，我的目光落在这幅"油画"上，我已把它收藏在我的手机里。我的内心，依然有着震动，它真的太美了，也只有天公之笔才能画成吧。画面上，一条山脉像母亲似的侧卧着，腰肢丰满柔软，乳房低垂。有三座小山峦，像孩子似的依偎着它，头抵着它的胸怀，好像吃饱了正打着瞌睡呢。它们的身上，皆披着五彩斑斓衣——树木还在换季中，叶子变黄了，变红了。阳光从山谷的对面打过去，"母亲"和"孩子"身上的色彩流淌起来，它们似乎就要奔跑了。最绝妙的是，彼时的山谷里，突然腾起一团幽蓝幽蓝的雾，厚厚的，如同漫过一波一波深海的水。在那幽蓝里，又隐约冒出一点两点的橙红和橘黄，好像仙岛飘浮。

人生的美，在于一个一个的瞬间。我们的拥有，也在于一个一个的瞬间。因为这瞬间美好的熨帖，足以应付长长人生中诸多的不如意吧。

# 山居·春山茂

一

晨起时，读到几首写春日的诗，眼前恍惚有乱红纷飞、柳丝袅袅，牵惹得我想回家了。

家里的春天快沸腾起来了吧？彼时彼地，应是南北朝诗人鲍照诗中的景象：

春山茂，春日明。园中鸟，多嘉声。梅始发，柳始青。

这里的春天是含蓄的，是悄悄的。少了北方的泼辣和赤裸裸。含蓄的情感未必不好，但过于矜持，有时让人总觉得不带劲。我还是怀念我的东台，春天一到，如君临天下，又霸道又张扬，致使万物臣服，大地狂欢。

我和他议起归乡的日子。来此多日，是该回去了，最好赶上家里春天的脚步。

我们一边散步，一边说着这事。目光突然齐齐落到路旁的一棵灌木上，那上面一根裸露的枝条上，爆出三两点紫红。

"这是，这是……"他激动得结巴起来，手攀着那根枝条，一时竟忘了这种植物的名字。

"紫荆。"我说。

我也激动得很。家里的春天，是断断少不了紫荆的。一丛花开，满枝满丫爬满紫红的小花，如同一群着紫衣的小人儿，敲着锣打着鼓，跺着脚扭着腰地跑过来，闹腾得不得了。成群的蜜蜂绕着它们拍马屁，把它们吹捧得天上有地上无的。它们越发得意起来，满枝丫地乱摇乱晃。那是真正的狂欢。每年春天，我的心，都要沦陷在它们的狂欢里。

在这里，居然也见到紫荆了。仿佛遇到故人，是有一番体己的话要说的。

我们在山上又寻了寻，别处没发现还有紫荆，只这一棵。我跟它约好了，只要我还在这山上住，就会天天来看它的。

# 二

两个傣族姑娘在草地上捡着什么，顶着下午三四点的大太阳。

我抬头看看，看到她们近旁有两棵树，树很高大，枝条上无叶，却密缀着一些花朵。离得远，看不清花朵的模样，只见到橙黄色的一撮撮。风若有似无，忽而一拂，我们根本没感觉到，花朵感觉到了，随风跳下几朵来。两个姑娘追着花跑。我这下看明白了，她们是在捡花。

"请问，你们捡花做什么的?"我好奇地跑过去，问。

"做粑粑吃啊。"她们答。一边仰头等风来。风一来，树上就会落下几朵花。

花躺在她们携带的布袋子里，挤着挨着。她们已捡了不少了。花朵挺好看的，呈二唇裂，上唇两浅裂，橙黄打底，边缘染着菜花黄。下唇三裂，左右裂片跟上唇色泽一样，中间裂片长而大，遍布菜花黄。花萼钟状。

"这个真能吃?"我问。

"真能吃啊，我们从小就吃。我们做粑粑都要用它的。"

"那它叫什么名字?"

"香花，"为了证实她们所说不虚，她们拿一朵花给我，"你闻，很香的。"

我凑近了闻，果然有一股清幽幽的香气。

"那么，这两棵树是不是就叫香花树?"我仰头看树。

"是啊，我们都这么叫。"

"它有没有别的名字?"

"不知道。我们只知道它叫香花。我们村子里的人都这么叫它。我们傣族人泼水节做粑粑都要用它。"

"好吧，香花。那怎么用它做粑粑呢?"

"这个呀，可麻烦了，我们不会做，我们是捡了带回去，给家里老人做。"一个姑娘说。

"要先把它洗干净了，晒干了，再磨成粉。然后，把它掺进糯米粉里，糯米粉变得黄黄的，好看着呢。再用蕉叶，不是普通的蕉叶啦，是我们那儿产的蕉叶，必须用我们那儿产的才行。把掺好的糯米粉，用蕉叶包好。这个包可麻烦了，有时好几个人要包上一整天呢。包好的粑粑放在锅上蒸熟了，就能吃了。这种粑粑好吃，香，还经放，能放好些天不坏。我们傣族人叫它毫糯索。"另一个姑娘说。

"我们还用另一种黄花做粑粑的，那种黄花我们叫它荞饭花，也一样好吃。"先前的一个姑娘接上话。

"这种毫糯索街上可有得卖？"

"有啊，街上都有毫糯索卖，可是里面没有香花的，不正宗。哪里有这么多的香花呢！我们村子里才长着几棵香花树的。长了几百年的，死掉了，现在有几棵小的，不够捡。我们还是听朋友说，这里有两棵香花树，所以这两天都过来捡。这花宝贝着呢。也有汉族人过来捡，他们回家炒着吃。我们可从来不舍得炒着吃的，都要收起来，留着做粑粑用。"

"哦，是这样啊。你们怎么知道这花做粑粑好吃的？"

"从小就知道呀，一代一代传下来的呀。"

两个傣族姑娘回答我的问题时，一刻也不曾分神，她们的眼睛紧紧盯着草地，这边落下一朵，她们追到这边。那边落下一朵，她们追到那边。她们的战果不错，袋子快要装满了。我也帮着捡了十几朵，她们很是感激我。我走时，她们送我两朵花。"拿着，香着呢。"她们说。

我持着两朵香花，到处找当地人寻问："这到底是什么植物的花？"回答我的不是香花，就是糯索花。

我没有懈怠，又一通上下求索，最终揭开蒙在它脸上的面纱。它叫云南石梓花。傣族人离不了它，每年的泼水节期间，必要用它来制作毫糯索。加了它的毫糯索，不单色泽诱人香气扑鼻，高温下，也能存放好几天不坏。它被砍开后，树皮会散发出浓烈的酸味，又被人称作"酸树"。

# 三

　　柚子开花太香了，香过柚子本身。

　　我散步的路上，有一树目前开得正盛。当我将要散步到那里了，我就开始幸福。当我站到树下，闻到那可爱的甜蜜的花香了，就更幸福了。我会因一树花，而爱上一座山。这山上有这么多的好树好花，我的余生将一点儿也不寂寞了，已被爱填满了。

　　柚子的花，五瓣儿裂开，中间缀一撮金黄的花药，像托着一块糯软的小点心。花瓣椭圆形状，质感醇厚，素白素白的，也可称得上冰清玉洁了。庭院里种上一棵，不要它结果，就这么开开花吧，也是件十分雅致可喜的事。

　　有游人在路边，鼻子被花香侵袭，讶异地停住脚步，惊讶道："什么花，这么香？"

　　我遇见，总好心地告诉他们，是柚子花呢。并且伸手一指树上，一簇簇小白花，在绿叶间映着眼。

　　原来柚子也开花呀！他们惊讶里有了欣喜。不用猜，这定是从北方来的客人。北方没有柚子树。我心里发笑，很满意他们这种惊讶和欣喜。我很愿意更多的人知道它，喜欢它。把我的幸福分出去，变成多个人的幸福。

我还见到刷子花，长在一个旮旯里。要不是我被一点两点红吸引过去，还真把它给忽略了。还没到它的盛花期吧，树上只挂着几把"小刷子"，已把它独特的风姿说尽了。一把小刷子就是一朵花，花跟粉扑花一样奇特，都是由花丝构成的。花丝对排，如同一把精致的毛刷子。摘下来，似乎可直接拿它刷刷衣上的尘了。因它红得十分耀眼，它又获得一个颇诗意的名字：红千层。有人赋诗："万条红丝绦，绿难掩其娇。"

# 山居·青苔

第一次听说河里的青苔也是能吃的。

具体怎么个吃法呢？当然得先从河里把它打捞上来。打捞的最好时节就是眼下这二三月。过了二三月，河里没有了。或者有，也不能捞了。"那时候捞起来的，不好吃。"脸庞丰润的傣家妇人告诉我。

捞上来之后，要用模具把它压成型，再摊开来晒干了。然后，用火烤，烤完后，揉成碎末，就可以炒着吃了，也可以煮汤。

妇人说话时，手里可一直没闲着。她忙着把一个个薄薄的绿色圆饼样的东西，用牙签串在一起。她家竹楼前，已摊着很多了。那是在勐罕镇上。我本是闲逛来着，一眼瞥见她家竹楼前那一地蔚为壮观的绿绿的圆饼子，好奇得不得了，自然要上前询问了。

"你们以前就吃这个？"

"以前就吃啊。"

"这么多啊，都是你捞的？"

"是的啊。别人预定了，这压出的青苔饼子，三块钱一个呢。"

　　"那你可要发财了。"我打趣道。

　　她笑了。说她家山上还有好多橡胶树。另外还有些耕地，耕地被大老板租去种果树了。

　　她家竹楼占地很大。她有些不好意思地说："不知道来客人，哎呀，家里太乱了。"得知我是江苏人，她高兴地说："江苏我去过呢。跟旅游团去的。"

　　"去了苏州呀，无锡呀，去了十天呢。那里真漂亮，我们看了好多老房子。"

　　"是那种粉墙黛瓦的，小桥流水的?"我问。

　　她高兴地说："对啊，对啊，小桥流水的，粉墙黛瓦的，漂亮的。"

　　我扑哧笑了，我说："你们这里也很漂亮啊。"

　　我不远千里而来，她不远千里而去，我们原本都是从风景里走出来的人啊。

# 山居·夏长

一

山上的春天短得像一个惊叹号，我这边还没来得及感叹呢，那边夏天已到门口了。

早晨起床，只穿一件单衫就够了。一点儿也不嫌冷，气温都在十六摄氏度以上，到午后，高达三十多摄氏度。

夜露重。我去我的幽秘小径——那段少有人走动的石板路，上面野草丛生，鬼针草顶着一朵一朵小白花，像欢快的鱼儿，吹起一个一个嫩白的小泡泡。我踏进草丛，俯身问候那些小花们早安。裤腿被露水打湿，空气中氤氲着薄薄晨雾的清凉，是带着暖意的清凉。半山腰几棵火焰木的树梢上，仍托举着火焰一般的花。静穆、热烈、执着，它有它要坚守的信念。无关乎结局，只关乎此刻，生命发出响亮的绝唱。

斑姬啄木鸟已开始它的工作，敲起"竹筒"来，笃、笃、笃，笃、笃、笃，如同一座山的心跳声。一只比小鸟大不了多少的松鼠，从草丛中突然跳出来，见到我，并不惊慌，两只溜圆的小眼睛盯着我打量了一番，翘翘尾巴，又跳走了。我有点儿幸福了，这条幽秘小径是我的，也是小松鼠的。它大概也是来此赏花的。

　　清洁工准时在山路上清扫。她们一身灰蓝的工作服，头上戴宽宽的遮阳帽，长相看上去都差不多。她们带来小孩，一个男孩，一个女孩，都长得胖乎乎的。她们清扫时，男孩和女孩就在一边玩耍，掐掐花，捡捡树叶子。我从与她们闲话中得知，女孩是姐姐，上小学了。男孩是弟弟，还没上幼儿园呢。

　　"等到九月就上幼儿园了。"孩子的妈妈说。

　　另外两个清洁工，一个是孩子的姨奶奶，一个是孩子的舅妈。她们都住在山下的村子里。每天结伴着到山上来上班。她们说，挺好的。

# 二

　　也不过一个星期没到雨林幽谷去，那儿的山上，橡胶叶子都长出来了，原本光光的山，已是一片葱绿蓬勃。

　　夏天是真的来到这里了。清晨的阳光，就很热烈了。美丽异木棉的叶子，被它浇铸得如同金片。枝丫上蹲着一个潦草的鸟窝，看上去像结了一只毛芋头，不知是什么鸟儿住在里面。林子里传来鸟的叫声，声音水灵灵的，清澈又清脆。

　　多黄蚂蚁。它们在树干上爬上爬下，身体是金色的透明的。

它们的血液也是金色的吗？我们认为黄蚂蚁是最具危害性的蚁种，想尽办法来灭绝它们。可它们也有它们的生存逻辑，它们在捍卫它们的生存。

我远远避开它们。想到基诺族人有的会认蚂蚁堆为舅舅，我就莫名感动。万物有灵。

遇到一片巴西鸢尾，在一户人家门口。那户人家不住人吧，门扉紧闭。没事，花帮他们守着家。花有六瓣，吸引住我的，是向外翻着的三瓣白色苞片，洁白如玉，基部有红褐色斑块。另外三瓣箕踞在内，蓝紫的底色上，绣着些白色纹路。花瓣蜷缩着。这花很特别，只在上午开放，到下午三四点的时候，内里的一瓣花，就枯萎了。但里面会长出小苗来，小苗越长越大，最后垂到地面，扎入泥土，又长出一棵巴西鸢尾来。

认识了五爪金龙。它的花跟牵牛花太相似了，浅紫的一朵朵，形似小喇叭，喉部深紫。它长在一山坡上。牵牵绕绕，目测有四五十朵。不知它与金龙有何关系。大概因它以匍匐姿态生长的，且匍匐茎处，能长出不定根，这就很像一条龙在爬行了。

起风了。榕树的叶，还在哗啦啦掉。还掉下许多的黄澄澄的果实。在地上砸出一摊摊黄来，像谁作出的画。清洁工的大扫帚也不能把那些"画作"扫去。她们说，每天上班八小时，每个月的工资两千五百块。

"很好了，够吃够穿。"她们说。每个人的脸色看上去，都是恬静愉悦的。

# 三

一夜雨敲。

枕雨而眠。好像有无数山泉奔涌，又像是有无数小溪潺潺而过。耳朵有着从未有过的清澈纯净。什么时候入梦的？不自知。

这是我有生以来最惬意的一次深睡眠，梦里长绿苔了。

早起时，又停电了。听物业在群里发通知，让大家别急，供电部门已派人上山来维修。

我才不急，下楼去，搬把凳子到门口露台上，一边看书，一边听雨滴滴落。啪嗒啪嗒。它们从鸡蛋花上滑下来。从鸭掌木上滑下来。从蓝草花上滑下来。从木瓜榕上滑下来。从桂花树上滑下来。门前的植物，相处日久，我们已成了老熟人了。在我仰头看它们的时候，大概它们也会偷瞄我读的书一眼，我正读到"回崖沓嶂凌苍苍，翠影红霞映朝日"。它们有些得意的，这翠影嘛，岂不是写的它们？

雨后的天空，清澈得好似山泉，吸上一口气，五脏六腑都被濯洗得要长出绿苔来。

我随意拍一张山景图，远山雾岚荡漾，近处山花烂漫，亭台楼阁在绿树丛中隐隐约约，清新清澈。我发到微信朋友圈里，引起一些朋友强烈羡慕。有朋友说，你还在云游？快活小神仙啊。有朋友问，去了这么久，你是不是就定居在西双版纳了？

心底突然涌上离愁别绪。这个月底，我就要回去了，对这座山而言，我终究不是归人，而是过客。

# 第五辑
# 我看到了最美的星空

　　请学会爱吧。就从爱一朵花开始，爱她的含苞、盛开、芬芳和凋落。当花瓣零落在地上，风吹过最后的香，她会化成养料，滋养着那方土地。来年，又将有花朵明媚。这样想着，怎不叫人感激万分！

# 很多个春天在等着

小秋，你好。

早起的时候，我读到一首诗，其中有这么一句，我觉得甚是写实：

我时常万念俱灰，也时常死灰复燃。

谁不曾有过万念俱灰的时候呢？有时就那么莫名其妙的，忽然涌上来一阵虚无感，人成了悬浮于空中的一粒尘了，了无生趣。可当这阵子的感觉飘过去之后，眼里映着一个世界，色彩分明，个个可爱，心里又会涌起一阵的感动：啊，我在呢，我遇见了这一些，多么好！

是的，我在，世界便在。

我们先得拥有爱自己的能力，才能去爱这个世界。

怎么爱自己呢？

每天送自己一朵微笑吧。这个实在很重要，当微笑的自己面对微笑的自己，一天的心情想不好也不行啊。

每天好好吃饭，好好睡觉。人间美食，不可辜负。细嚼慢咽，细细品味，把每一分钟，都嚼出喷香的滋味来，这才不枉我们来人间一趟；每一次入睡前，跟世界道个晚安吧。有时我们枕星而眠。有时我们枕月而眠。有时我们枕着虫声而眠。有时我们枕着风雨而眠。哪一场睡眠，对我们而言不是福泽？

每天读一首诗吧。生活是平凡的，可诗歌会让平凡的生活泛起晶莹的浪花。

每天散散步吧，哪怕就是在家门口小走两步。这个时候，彻底放空自己，用来接纳这个世界的颜色、声音和气息，你会成为一个不一样的你，想发芽，想开花，想飞翔，想大声说，我爱。

就像这个春意萌动的时节，你若出门散步，你会碰见什么呢？你会碰见小草破土而出，嫩嫩的小绿，叫人心软。你会碰见虫子也蠕蠕出动，一只小蜂撅着屁股，拼命朝着一朵梅花的花蕊里钻。它那拼尽全力的样子，会让你想到什么？我会想到热爱、感恩、幸福、执着这些词语。

对了，梅花一朵一朵又一朵地开了。人说暗香浮动，才不是。几树梅花站在一起，那香气，是汹涌的，是大张旗鼓的。允许自己沉沦一会儿吧，就在那澎湃的香气里。

还有啊，蓝天上的云朵真是漂亮绵软。像什么呢？像棉花糖？这比喻可真是俗。像蓬松的蚕丝枕头？好像也不恰当。它就是云朵，是发酵过的、暄暄的云朵。

然后，你也就看到了月亮。刚刚它藏在云朵里，突然就钻了出来，在你的头顶上，在那些栾树或是梧桐或是杉树的上空。树木还没返青，不过，快了，那上面已布满春天的消息。

白天的月亮你没留意过吧？这个时候，你可得好好看一看。这是初八的月亮，或是初九的月亮，它在蓝天白云的映衬下，像半块甜美的糕点。它这么早早爬上来，是来分享人间烟火的吧。

夕阳在天边燃烧起来，一些寻常的建筑在夕照的抚摸下，像是塑了金身。万家灯火，也就快点亮了，一顿晚餐正等着你回归。你的心里，只剩下感叹了吧：世界这么好，我只想好好爱。

对了小秋，前面我跟你分享的诗，它的最后两句是："生活给了我多少积雪，我就能遇到多少个春天。"

我想，正因为有很多个春天在等着，我们才愿意跋涉无数的泥泞。

# 种桃种李种春风

　　小杏仁，你好。

　　你来信说，你向往我书里面的世界，有那么多的好花在开，有那么多的好云在飘。你说你的世界里却没有那么多的好花，也没有那么多的好云，你越长大，越不快乐，你总是顾虑重重，怕被这个赶上，怕被那个比下去，常常要勉强自己去做一些不喜欢做的事，说一些言不由衷的话，见一些不喜欢见的人。还常常因为别人的一句话，就很不开心，开始怀疑自己的人生。你说你好想回到小时候啊，前路却那么长，那么难，你不知道自己该怎么走下去。

　　我想先跟你说说眼下春天的事情。

　　这个春天，我回了一趟老家。我年老的父母都在老家住，他们还种着几亩地，养着几头羊。他们在，我就还有老家可回。我很珍惜眼下的团聚，很感谢在这样的春天里，我还能和他们在一起，吹吹春日暖风，说说话，聊聊天。

244

地里的小麦返青了，油菜花黄了。田埂旁的荠菜、蒲公英、苦荬菜、宝盖草也都开花了。河边的柳已成烟，春水堪染。春到人间草木知，果真是啊。

我一到家，我爸妈的脸上，就荡着一个春天了。我和他们都暂不去想衰老和疾病的事，只想春天的事。春天有什么事呢？花在开。草在长。燕在飞。还有，春风在拂，暖阳在照。我跑去附近的苗圃买了六棵桃树扛回家，在屋后栽成一排。我跟爸妈说，明年春天，这六棵桃树一定全长成了，到时这里将开出一大片粉红的桃花，很漂亮的。我爸我妈热烈地点头，笑眯眯的、充满希冀地看着我栽下的六棵桃树，快活得说不出话来。他们已经很衰老了，又有疾病缠身，我爸行走都得靠轮椅推着，可他们心里，还燃着向往——要等着看明年的桃花开的。

我又动手清理掉屋前的杂草，把一丛大丽花一棵一棵均匀分开，栽了两行。等着吧，到八九月，它们将开出两行碗口大的花来，绯红和玫粉，又灿烂又壮观，亮煞人的眼。我想到一句很诗意的话，种桃种李种春风。前行的路上，有播种，才有收成。二三月种下去，到了八九月，自会有答案。

小杏仁，你看，自然物事，各按各的命运轨道在行走，草做着草的事，花做着花的事，树做着树的事，谁也不能替代谁。你呢，做好你的事就好了，干吗要违背自己的意愿，去做些自己不喜欢做的事呢？

这世上，肯定有人比你跑得快，也有人比你走得慢，各人按各人的步伐走着就是了。比别人落后或是超前，都属正常，没什么好沮丧，也没什么好得意的。你只要坚持做自己，开你的花，结你的果，别人的言行就左右不了你。

　　宝贝，前路是很长，也确实会出现一些艰难险阻和至暗时刻，但只要有希望在，美好就在。就像我栽在我妈屋后的六棵桃树，明年的春天，必将有六树的花开沸沸，一片绯红映蓝天。一想到这里，我就按捺不住要奔过去了。

# 我看到了最美的星空

晓梦，你好。

来信收悉，你的烦闷情绪都透过纸页散发出来啦。你说活着越来越没意思，你觉得外界很吵，周围全是"噪声"，让你烦躁得想放弃，想死。宝贝，咱发发牢骚可以，可不要当真哟，因为在下一个拐角处，说不定就能遇见美好。

我最近也不大好呢，一度失眠。是身体的缘故吧，人到了一定年龄，身体机能就会衰退，这是由不得我的事情。

我也不急（因为着急于事无补呀），睡不着就起来看星星。万籁俱寂中，我看到了最美的星空。我还听到夜鸟的梦呓、露珠滴落的清响、草虫的鸣唱。这算是对我失眠最好的补偿吧。

看完星星，倚床头看书，翻到哪页读哪页。读到疲倦了，实在撑不住了，我就闭眼眯上一会儿。哪怕只是一小会儿，也是我对抗失眠的重大胜利。我不去急躁，不去埋怨，我尽量从不好的事情里，赚点儿微薄的小利，犒赏我有限的生命。

晓梦，人活在这世上，哪能不遇事呢？不是遇到这样的事，就是遇见那样的事。我们处在事情中央，我们本身就是事情。有快乐的事情，自然也有不快乐的事情，这才是真正的人生。当不快乐的事情来了怎么办？坦然接受呗。除此之外，没有更好的法子。就像衰老、疾病、地震、海啸、叶落花谢，这些事情都是不随人的意愿而转移的，我们也只有遵从，并努力调整好自己的位置去适应。

我不知道你到底遇到哪些事了。我猜测着，不外乎是学习上的、人际关系上的。对每个处在学习中的人来说，这方面的烦恼，是永远不会断的。你付出努力了，并没有得到想要的结果；你定下的目标，没有能够实现；你想超过的人，没办法超过……你在"失败"中，不断怀疑自己的智商和能力，这让你活得很痛苦，很绝望。我很理解你的这种感受，可宝贝你要知道，一分耕耘，未必就等于一分收获。因为收获多少，还要看天时、地利、人和的。好比农民种田，丢下一粒种子，未必就能收获一捧粮食。因为种子的成长还取决于土壤、天气等多种因素。但农民不会因为有时的歉收，就不去种田。因为，所有的希望，都在他的耕耘上。只有耕耘，才有可能获得丰收。

你定下的目标没有实现，你收获的成果很少，那都不是你的错。你已付出努力，你对得起你自己了。你要做的，是静下心来，看看问题出在哪里。是学习的方法不对，还是没有掌握学习的要领？也许某些课程不对你的胃口，这也是有的。比如我，在中学时代对理科的东西一概敬而远之，我后来很识相地选读文科。你在某一个方面的不足那很正常，不能用一方面来否定你的全面。

尽量发挥你的特长，弥补你的不足，能补多少就补多少。然后，愉快地接受你努力得来的成果，哪怕它只有芝麻粒那么大，那也是你努力的结果。你同样为它感到骄傲才是。人生的价值，不在于你取得什么成果，而在于生命流逝的每一分每一秒里，你有没有认真去度过。晓梦，生命的意义，在于过程，而不是结果。

至于人际关系，合得来的就相处，合不来的就远离，不勉强自己就好。对别人的"噪声"，持宽容态度。因为各人个性不一、喜好不一，有人活泼，有人内向，谁也不能和谁保持高度一致。你可以做你高冷的青莲，但别人也有权利做他们活泼的野菊花。如果你觉得"吵"着你了，你大可不必理会，能离多远，就离多远。心若有桃花源，何处不是水云间？

晓梦，生命给予我们仅有一次，没有前世，没有后世，只有这一世，我们得好好爱惜才是。为着一丁点儿小事就放弃、就自残、就想死，那才真是可笑呢。真正精彩的人生，是由成功和失败共同构成的，我们既要担得起成功的喜悦，也要担得起失败的打击。人类从来不是脆弱的，这才有了生生不息。

# 做自己的解语花

朵朵，你好。

挺心疼你的，一个人沦陷在孤独绝望的情绪里，该有多难受啊。

没有谁的青春是不迷茫的。有时说不清理由的，就叫人心里堵得慌。何况，还有学业来逼？如果你想哭，咱就放声哭一场吧，哭完也许就轻松了。

跟你说说一个女孩子的故事吧。十六七岁的年纪，她活得好自卑，总是一个人吃饭，一个人读书，一个人走路，一个人去宿舍。她不敢与人说话，她怕一开口，就暴露她内心的怯弱和自卑。她见花落泪，见雨忧伤，心里有着那么多那么多的说不清。

为什么自卑呢？因为她是从偏僻的乡下来的。她皮肤黝黑，穿着土得掉渣的衣衫，背着母亲用格子棉布缝的书包，走在一群衣着鲜亮的城里同学中间，她如同丑小鸭误撞入白天鹅的领地，羞愧难当。更让她无法抬起头的是，她家里还特别穷。她离家远，得住宿，每周自带粮食在食堂蒸饭，却从不敢去买一份菜吃，那太费钱了。

每到饭时，她都避开同学，一个人躲到一边，默默把干饭咽了。

那个时候，她心里有好多疑问：人为什么生而不平等？为什么她要那么贫穷、自卑、独抱孤独，而她的同学却可以生活优裕、肆意大笑？没有人告诉她答案。命运不给她过多的选择：要么好好读书，为自己赢得走出去的机会；要么，回乡下去，接过父辈手里的扁担、钉耙和锄头。她选择了前者，发愤起来，一心埋头苦读。她虽算不得很聪明，但勤能补拙啊。她再没有时间在意别人的目光了，也不再渴求别人的理解了，她有她的丰饶世界，里面装满了书籍和文字。是的，最终她用读书，拯救了她自己。她一步一步，走成了今天的我。

朵朵，咱不要把希望寄托在别人身上，自己做自己的解语花吧。掐掉那些芜杂，只留一个念头，那就是，好好过好属于自己的每一天。每一天，都送自己一个拥抱，多给自己一些信心和勇气。宝贝，咱别再躲避了，走出家门，去吧，去学校，把落下的课程补上，凭咱的聪明，一定能补上。给自己制订一些可以落实的学习计划，不要贪多，一步一步来，能走到哪里算哪里，总好过你蹉跎青春。

好孩子，害怕与回避，只能让你在莫名的情绪里，越陷越深，时间却毫不留情地大把大把从你身边溜走了，这是很可惜的事情。还是直接面对，与命运过招，是沟也好，是壑也罢，越过去，才能收获到属于你的云淡风轻。送你一句话吧："人的生命，似洪水在奔流，不遇着岛屿、暗礁，难以激起美丽的浪花。"

未来的机遇真的很多，你只有往前走，才能靠近。未来的美好也很多，你只有走下去，才能遇见。

# 叶子的辉煌

小冉，你好。

你写来的信，我于十天前就看到了。当时小雪节气将至，天正交寒，我趁着大风到来之前，紧着去捉一波美丽的叶子。那是乌桕树的叶子。是银杏树的叶子。是梧桐树的叶子。是紫薇树的叶子。是石榴树的叶子……它们是秋冬之际的传奇。红也红得纯粹，黄也黄得纯粹，斑斓也斑斓得纯粹，无一个不是光彩夺目着的，灼灼辉煌着的。

我羡慕它们的热情和豁达，哪怕生命行至最后，也要壮壮丽丽的、体体面面的。我捡了一枚又一枚，带回来做书签也好，做些别的小物件也好。总之，我收藏了，就没有浪费大自然馈赠的一番好意。我一边捡一边想，那些陷于各种各样烦恼中的人，他们的眼里，只有个人得失爱恨情仇，哪里还有这些漂亮的叶子呢？他们错失掉一季又一季的美好，人生的旅途上，留下太多太多的空白，真叫可惜呢。

寒潮来了，树上还有些顽强的叶子，守着最后的华丽。我于是，一趟又一趟地奔过去，路边，河边，少有人到的野外，哪里有了它们，哪里就美得如同桃花源。尽管现实世界里也有不少鸡零狗碎的事来扰我，我能应付的，就应付过去，不能应付的，就丢去一边。我以为，一颗心，是用来装美好的，而不是用来装愁苦、装纷乱的。美是瞬间所得，过了这个"瞬间"，一些美就消失不见了。槭树也红了头了，杉树也红了头了，我捉住它们的美，这才是我当下生活的第一要义。

　　好孩子，你呢？从高一，到高三，你陷在自己的小情绪里，浪费掉多少好时光呢？醒醒吧，世上求不得的事太多，何必自苦？何况暗恋这件事，从头至尾，都是你虚构出来的一场爱情。

　　年少的爱恋，太容易被美化了，少有能落地生根的。他不过一普通老师，然在你的眼里，是被镀了金边的。你陷在你虚拟的想象里了。这样的迷失，有点儿冤枉呢，因为注定得不到回应，美好的光阴，全都白白流走了。你把注视他的目光，匀点儿给窗外的树不好吗？匀点儿给天空中飘着的云不好吗？匀点儿给一篇好看的文章、一首好听的歌曲不好吗？只有心灵丰盈起来，你才不惧"失去"。

　　好孩子，高三了，时间很紧张的呢，咱还有正经的事要做，那就是搞好学习，努力考个好大学。一个人的精力有限，当你把有限的精力投入到学业上来，为暗恋所产生的纠结，就会少许多的。也许你暂时做不到彻底放下，但没关系啊，那就把它当动力吧，让自己努力成为一个更优秀的人，一个闪闪发光的人，一个让你的老师都不得不暗自佩服的人，岂不更好？

好孩子，青春的天空很大很大，远不止校园这么点儿大。你所遇到的人将会很多很多，远不止校园里的这些个。你活着的意义，绝不仅仅是为了这样一场暗恋，而是为了将来一次又一次，更好的遇见。

# 天使的微笑

楠楠，你好。

我们这儿，已连续下了好几天的雨，下得人心里好不烦闷。空气都是潮潮的，伸手轻轻一戳，似乎都能戳出个洞来，衣服被褥也都是潮湿的不清爽的——这似乎是件很不美好的事。然倘使我们换个角度来看呢，下雨天自然也是有好处的。比方说，植物们饱吸一通雨水，变得更加葱茏茂密。鸟儿们的叫声听上去，也是含着翠滴着雨的，别样的悦耳动听。我还看到一株小小的爬山虎，几场雨后，它的茎和叶，已攀满了人家的半面墙。

这样的天，还适合听雨。雨是自然界最超强的音乐师，它会弹奏各种各样的乐器。打在屋檐上，打在晾衣架上，打在窗台上，打在楼下的桂花树上、栾树上、玉兰树上、橘子树上、蜡梅树上、紫薇树上，发出的声响，又是各各的不同。或者，就撑着伞，去雨里走走，听雨打在伞上，又是另一番境地。或者，就坐到路边的某个小亭子里发会儿呆，听雨在亭子四周歌唱。

雨落在河里，那是水落在水里，更是奇妙。它们会画出一个一个的小圈圈，像水在笑，笑出的梨涡或深或浅。雨落在草地上，像手掌摩挲着头发，轻微的沙沙声，听得人的心发软。这时候，你会想起很多背过的有关雨的诗句，如："沾衣不湿杏花雨，吹面不寒杨柳风。"如："小楼一夜听春雨，深巷明朝卖杏花。"如："天街小雨润如酥，草色遥看近却无。"哪一首，都在唇齿间芬芳。察古人心意，竟不觉有距离和遥远。

我为什么要跟你说这些呢，楠楠？我只是想告诉你，当我们面对窘境、困境和不幸时，不妨换个角度去看、去想，也许，洞天就在另一边。你失去爸爸，这是件很不幸的事。你伤心难过，无力无助，这都属正常，也是可以理解的。何不这样去想，上天这是在考验你呢，让你速速长大，独自去承担风雨。你若一味地沉浸在悲痛的情绪里，一味地封闭自己，不肯再走出来，那是在浪费和抛弃自己的生命啊。我想，这也是你爸爸不愿意看到的吧。

死亡，是我们每个人都无法回避的事情。早早晚晚，我们所有的人，都要面对这个现实，只不过，你提早了些而已。你可以选择不接受吗？不能。那么，坦然接受吧。失去的，已失去了，而你，还要好好活下去。

不知你有没有看过一部叫《天使》的日本电影？它聚焦于一条街道上的一群人，那条街道上，住着超市职员加藤、单身父亲吉川和女中学生米禾等人。加藤一度陷入感情的泥沼里，无法自拔。吉川是个深爱小女儿的父亲，他在不喜欢孩子的女友卡斯米和女儿之间，做着艰难的抉择。米禾因一件小事被误会，在学校里受到孤立，变得孤独……生活的十字路口，站着不知所措的这样一群人。这时，有个神秘天使降临了，她身穿雪白的衣衫，背后镶着一对雪白的羽翼，眼神清澈如雪。她微笑地走向这群人，浑身似乎在闪光。她的笑温暖了所有人，人们在她的笑里面沦陷，对她敞开心扉，重新燃起对生活的信心。最后，大家通过各自的努力，摆脱了困境，过上了相亲相爱的幸福生活。

楠楠，你给自己取昵称为单翼天使，天使是给人带信心、勇气和希望的，是不是？我们先给自己一些信心、勇气和希望好吗，做真正的天使。失去爸爸，那不是你的错，你无须自卑，更不要自认为自己是个不祥的人。倘使你一直自怨自艾，原本怜悯你、理解你的人，也会变得不耐烦。因为，谁也不愿意老是面对着一张幽怨的脸。久而久之，你才真的被孤立了呢。

班里一些人背地里嘲笑你，你又有何惧？贫穷和窘迫并非你造成的，你为何要羞愧、要自卑？昂起你的头来，笑对他们，用乐观和坚强做盾，让他们在你面前自惭形秽。

楠楠，爸爸走了，最无助的不是你，而是你妈妈。你要代替爸爸，照顾好妈妈，成为妈妈的有力支撑才是，而不是成为她的担忧和负担。你也知道，你爸还欠着一些外债，你妈要替你爸偿还。她一个人奔波劳碌，她的处境，该有多难！这个时候，你更应该振作起来，为妈妈分忧，成为妈妈活下去的勇气和希望。这也是天使要做的事哟。

你说家里无钱买书，想问同学借书读，怕被拒绝。你没试过怎么知道他们不肯借呢？我去过你们学校，见过你们学校的图书馆，里面的藏书你是读不完的。你也可以求助于你的老师，没有哪个老师不喜欢读书的孩子。你还可以去书城，在那里读上一天都没人赶你走。城里路边也有读书亭，你坐里边可随便翻阅。如果真的需要，我也可以给你寄一些书去。宝贝，你要庆幸你处在一个好时代，只要你肯读书，条条大路都通向书的海洋呢。

楠楠，把属于你的好时光找回来吧，爸爸并没有走远，他在天上看着你呢。从今后，你且舒眉展颜，像个天使一样地微笑。当你一身明媚，满身阳光，融入到同学中去，有谁还会嘲笑你呢？嗯，天使的微笑，是会融化一切冰雪的。

# 人间美好

　　亲爱的宸，现在，你窗外的雨停了吧？雨停了，太阳就该出来了。这个时候的太阳，除了绚烂，还是绚烂，它是带着斑斓之色的。乾隆皇帝曾作诗赞美这样的太阳："古屋乔树下，树上秋阳晶。"它的明亮，让皇帝都漠视不了呢。想他作诗的那刻，眼底浮现的一定是秋阳高照，心头一定是愉悦祥和的。

　　秋天的落日，也甚是美好。昨天我遇见一轮，在荷塘边。满塘衰荷，本是凄清得很，可夕阳一照，颓败的荷叶都变得热烘烘的，每一枝都昂立起来，一塘侘寂之中有种热烈得让人眼湿的东西。我当时不明所以，只是觉得有些震撼。后来我想了想，那大约是一种叫生命的张力的东西吧。

　　晚归时，夕阳已没进我身后的一片林子里。我回过头去张望，眼前又是另一番震撼，森林里像是燃起一炉炭火，火星子四溢，密若雨点，溅满整座林子。这巨大的美冲击着我，以至于我此刻想起来，还有着满满的幸福感。

亲爱的宸，我们大多数人都是敏感的，因为我们擅长"胡思乱想"。这份敏感可算是上天赐予人类的特别礼物呢。因敏感，我们才有欢乐，才有疼痛，才会因周遭环境的变化，而引起心理上的悸动，对落花伤情，对秋雨伤意，陷入莫名的念头中，忧伤着，惆怅着。这不是坏事呀，所谓的多彩人生，不正是由此组成的吗？

然我们又不是被动地接受，我们可以学会调控我们的情绪，让这"敏感"多多降落在美好的事情上，比如这秋日的太阳。当你关注的重点发生转移，从幽暗之中，走到光明中来，你的心情也会跟着变得好起来的。

我们的内心，不可能全是鲜花遍野，它也时有杂草丛生。我们要学会接受不完美的人生、不完美的自己，不时拔去那些杂草就好了。

我挺喜欢一首词的，是宋代张抡作的《踏莎行》。我把它送给你吧，愿你快乐：

秋入云山，物情潇洒，百般景物堪图画。丹枫万叶碧云边，黄花千点幽岩下。
已喜佳辰，更怜清夜，一轮明月林梢挂。松醪常与野人期，忘形共说清闲话。

现实也许不那么总如人所愿，但有丹枫，有碧云，有黄花，有幽岩，有清夜，有明月，有松醪，还有个有趣的山野之人，人间美好便一直都在的。

# 开花的枯枝雪柳

尔尔，你好。

读你的信时，我的眼光不时落到几案旁的雪柳上。请原谅，不是我不专心，盖因它的清香实在太温柔了，模样又是那么白糯洁净、一尘不染，跟些小精灵似的。这是我早些天去买水仙花时顺手买回来的，十块钱一把。那会儿，它干枯的枝条上，丝毫看不出任何生命的迹象。卖花的中年男人拖着板车，上面摆满了盛开的蝴蝶兰、长寿花、茶梅和水仙花，靠车栏杆一捆一捆立着的，就是它，在满满的花枝招展里，它显得很有些扎眼。我瞥见，挺好奇："这枯枯的干枝，也拿出来卖？"中年男人得意了，笑露出两颗虎牙，眼角处黄豆粒大的一颗疤，跟着弹跳起来，他快活地说："不认识吧？这是雪柳啊。遇水即开花，开的花像雪花一样的，很香的，是香香的雪花。"他的快活，如活泼的鱼，搅动得周遭寒冷的空气，一时间水波激滟起来。我被他感染到了，也快活起来，且他一句"香香的雪花"，很挠心，我的心痒痒得不行，立马买下一把。

　　回家，我找了一个敞口细腰的玻璃瓶，装上水，把枯枝插进去，它不动声色地随我安置着。一天，两天，三天，它的身上并无动静，仍是枯死一片。我开始怀疑我是受了花贩的蛊惑了，待到第四天、第五天、第六天它还无动静的时候，我把它搁到阳台一角，不再管它了。渐渐地，我把它遗忘。直到一天，那人无意中踱过去，惊叫起来："你快来看，这枯枝上冒出许多花苞了！"

　　它活转回来，捧出洁白的一粒粒五瓣花，莹润了我们的眼。我想到"置之死地而后生"这个成语，又想到"绝处逢生"这个词，干枯的雪柳属于哪一种呢？当它面临干枯、面临死寂时，它心里抱着的，一定是"生"的信念。在我们以为枯枝开花是件很遥远、几乎不可能实现的事时，它却默默积蓄着力量，一步一步，走出困境，迎来花开。

　　尔尔，倘若枯枝雪柳也如你这般，总在想着我不行，我已死定了，它会活出另一场生机迎来花开吗？比起枯枝雪柳，你的处境要好多了，你的青春正葱茏，前面的道路虽然有曲折，却明明白白着，那就是好好毕业，好好找份工作。万万千千个大学生都在走着这条路，你不是特例，你又迷茫什么呢？埋下头，认真去走就是了。至于路上会遇到什么坑，遇到什么塘，等遇到时再去解决。你现在这么着急地去预测、去设想，并为此忧心和迷茫，让自己陷入彻底的自我怀疑和否定中，是不是太过好笑了？就像一个人总担心世界末日到来，担心得日夜不得安宁，便由此患上臆想症，白白浪费了生命中许多的春花和秋月，你说遗憾不遗憾？

　　尔尔，在我看来，你不是弱，你是懦弱。你还年轻，有什么不敢闯不敢失败的？世上的路从来不止一条，此路不通，那就改走彼路呗。这里受阻，不代表那里就受阻，纵使撞过"南墙"，咱也有回头的机会啊。振作起来吧，亲爱的，在你满脑子的胡思乱想中，整理出一条清晰的道路——把该完成的学业，高质量地完成了，就是一件很有成就的事情。然后你可以考虑一下要不要考研，让自己的知识体系建立得更完善一些。如果你想先找工作，那也很好啊，那就努力去找呗。也许一下子未必能找到专业对口的事情做，也不打紧，你就一边工作，一边学习，寻找机会。尔尔，机会从来都是留给有准备的人的，日日保持学习的好习惯，少去怨天尤人，你定也能如这枯枝雪柳一般，迎来生命的璀璨。

最后，我要为你的父母掬一捧泪，他们爱你、疼你、把你养大、供你读书，其间一定吃过不少苦吧！你却很嫌弃这样的家庭，埋怨他们的贫穷。亲爱的，家庭的好坏不应以富不富裕来衡量，一个有爱的家庭，就是上苍对你最大的恩典。愿你珍惜！

# 活在当下

阿言，你好。

记得也曾有个高三的孩子，问过和你同样的问题：想没想过要回到过去？当确信无法做到回到过去时，该怎么办？

那个时候，我正忙着满世界去捡各色各样的叶子，"霜叶红于二月花"嘛，虽然彼时还没落霜，但秋天已达鼎盛，叶子们都浓妆艳抹起来，它们要华丽丽地与这个世界来一场告别。我哪里舍得浪费这样的好时机，只要一得空闲，就跑到野外去了，一边赏秋，一边捡叶子，那段日子，实在快活极了。

现在，我随便从我的书架上抽出一本书，里面都会有当时的叶子蹦出来，有金黄的银杏叶，有血色的枫树叶，有珊瑚红的乌桕叶，有精致迷人的紫薇叶，有像小彩鱼一般的榆树叶……它们让我想起早已过去的那个秋天，想起那时的天空，那时的大地，那时走在秋天里捡叶子的我。我的快乐被重新激活，逝去的秋天，被封存在这些叶子里了。这就是经历吧。人生的丰富里，这算是很浓的一笔。

如果你要问我，想不想再回到这个秋天去？我的答案是，不想。

因为我已经历过了，没必要再回头去走重复的路。我正经历着的今天非常好啊，它是我从未踏足过的今天。我和着一团面粉，里面撒些切碎的葱花，把它变成香香的饼。这饼，属于我今天的创造。我喝着今天泡的茶，站阳台上看午后的阳光，倾泻在我的一盆虎刺梅上，那上面昨天的花凋谢了，今天又冒出新的花朵。我莫名地感动，哦，它是今天的花啊。

阿言，我们活着，只是活在当下，而不是活在过去和未来。把每一个今天爱过了，才是真正的人生。没有谁能回到过去，"逝者如斯夫，不舍昼夜"。过去已矣，不慕不恋。未来要来，不避不拒。一切都是顺其自然，到该走的时候，自然会走；到该来的时候，自然会来。我们只管今天的事，把自己的今天照顾好了，从今天里，获取快乐，成为明天美好的记忆。

阿言，你的莫名的情绪可能是高三的紧张带来的，走在高考路上的孩子，少有轻松的。我也参加过高考，当年也如今天的你一样，对前程迷惘得很。但再难走再黑暗的路，总得走下去，走着走着，天也就亮了。你且放宽心，把你的每个今天都过好了，学习上咱尽量去努力，能达到什么样的结果，就接受什么样的结果。就像农夫种地一样，他只专注于他手底下的种子、泥土，头脑里没有多余的杂念，清风呀，流云呀，都能使他快乐，到收获的季节，他自会收获到属于他的果实。

# 所谓体面

亲爱的好姑娘，你好。

我们每个人都是哇哇大哭着来到这个世上的。也许从那时起，我们就预知到，这世上的路并不好走，可我们还是一路走下来。为的什么呢？为的是，总有些美好，在生活的缝隙里茸茸生长着。比如有天真。比如有浪漫。比如有真诚。比如有善良。比如有花开。比如有月出。再比如，有一碗可口的重庆小面吃。

我去重庆，最大的感受是重庆人的乐观。我认识一个开书店的私营老板，他初到重庆时，口袋里只剩下五块钱。那段时间，他几乎干过所有的苦力活，睡过码头，钻过桥洞，最难熬的日子里，他宽慰自己，只要还能吃上一碗重庆小面，再多的霉运，也会走开的。后来，他靠摆书摊，一步一步，把生意做了起来，兴旺的时候，他同时开着五家分店。疫情几年，他的生意大受冲击，接连亏损，多年来赚的钱，基本上都赔了。可他并不消极，乐呵呵地对我说："我还能吃上一碗重庆小面嘛，没什么大不了的。"

好姑娘，你还能吃上一碗好吃的面条吗？我想，一定能。那就请开心起来。困难什么时候都会有的呢，一个困难解决了，后面的困难又会涌上来。如果一个人总把自己陷在困难里，而忘记了快乐，那是对生命巨大的浪费。且焦虑的情绪会影响人的正确判断，对事情的解决一点儿好处也没有。过分焦虑，等于自残。

好吧，现在我们来设想一下：假使你考研成功了，是不是就比现在幸福？是不是从此就一切顺利、花团锦簇？

再假使，你考教师编制成功了，当了一名教师，你就一定生活得很好没有烦恼了吗？学生不好教，家长难沟通，各项检查应接不暇，等等，将成为你新的纠结。且随着人口出生率的降低，学生人数越来越少，将来会面临着大量教师过剩，到时你又当如何？

好姑娘，明天是怎样的，我们谁也看不清，谁也无法掌控。这世上，绝对没有一劳永逸的事呢。基于此，你目前的状况，哪里算得上糟糕呢！你若改变不了大环境，那就改变你自己。不要习惯性地等别人把饭煮好了，你排队去盛。你必须自己动手煮饭，这样，什么时候吃饭，以及吃多少，才能完全由你自己说了算。

是的，人要拥有一两项自己能做主的技能，凭着这一两项技能，再多的风云变幻，他也能活得如鱼得水。说一个我知道的例子吧。我有一朋友的小孩，是上海交大毕业的，到美国宾夕法尼亚大学读的研，前年回了国，她先后找过几份工作，都不满意，因为做得不快乐。最后你知道她干吗去了？她七拼八凑，筹到一笔钱，开了一家卖锅盔的店。店里的装潢都是她亲力亲为，见到的人无一不眼前一亮，田园风的设计，让人如置身美妙的大自然中，清雅又大方。顾客到了她这里，仿佛不是来吃锅盔的，而是来赴一个美好的约会的。她做的锅盔也好吃，自己鼓捣出好多种口味，并在精美的包装袋上，印上走心的文案。有时是一首诗，有时是她写的几句感悟，叫人吃完了舍不得扔掉。她欢欢喜喜一直干到现在，还将继续干下去。有时，她会关了店门，去小旅游几天。也健身，也兼做业余主持人，活得欣欣向荣、风姿绰约。

也许你要说，她那么多年的书不是白读了吗，她的好大学不是白上了吗？到头来，也没能混得一体面工作。这或许正是你焦虑的原因所在呢，执着于所谓的体面，把自己的路给堵死了。什么叫体面？能够有尊严且欢喜地活着，做着最好的自己，就是体面啊。一个读过很多书见过很多世面的人，不管她做什么事情，比如卖锅盔，她也跟没读过书的人的品位不一样，处处散发出迷人的书卷气。

好姑娘，愿你能找到自己喜欢的事，并热恋般地爱着它。那么，你和它，都将有一个幸福的未来。

对了，外面的蜡梅开了。如果可以，去闻闻蜡梅香吧。

# 花开花落，自有定数

绿萝，你好。我很想借个肩头让你靠靠，很想抱抱你。

每个人的一生中，都在不断地遇见，不断地别离。我也是。

读小学二年级时，我的同桌凤，一个有着饱满的圆脸蛋的小姑娘，在一场伤寒中闭上了眼睛。那是我第一次知道，人走了，永远再遇不见了。小小的心里，有惊惧，有不舍，期望着再相见。有时上课，一扭头，似乎看见她还坐在我的旁边，圆脸蛋像只红苹果。

我十岁那年，跟我玩得最好的表哥溺水而亡。我二姑悲痛得语不成调，好几天粒米未进。然生活还得继续，再多的伤痛，时间也会一一抚平。一些天后，再看我二姑，她脸上又有了笑容，看见我表哥生前之物，也能平静相待了。你表哥他去了天上，她告诉我。那时我信以为真，心里颇得安慰，觉得茫茫宇宙之中，总有一处，收留下死去的人，他年，我们会再度相逢的。

后来陆续的，又有一些我熟悉的人故去，同学、朋友、师长，还有最疼爱我的祖母、祖父。每一次失去，也会痛，但都能坦然地接受。因为我渐渐明了，我们来到这个世上一遭，原就是为了来相聚一场，而后别离。只是有的人会相聚得时间长一点儿，有的人会短一点儿。不管时间长短，有缘相聚，都值得庆幸和感激。

我们的生命中，还将有人故去，亦将重新遇见一些人。而最终，我们也将成为故去的一个人。正因如此，每一次遇见，才显得格外弥足珍贵。我们要做的，是珍惜。花开的时候，不要错过。天上有月的夜晚，多仰望天空。

就像这几天，我每晚都要出去等月亮。我在长着梧桐树、樟树和栾树的林荫道上，慢慢走。秋已渐浓，栾树的枝头，开始点起了"红灯笼"。这些红灯笼一样的果实，即便是暗夜里看着，也是很显目的。秋虫的叫声，嘈嘈切切。告别的大幕已拉开，它们，将要和青草、花朵、鸟雀、树们别离。遇见过，热闹过，对它们而言，这就够了。梧桐树的叶子，掉落了不少，踩在脚下，发出清脆之声。它们曾蓬勃在枝头，如今，纵然跃下，无惧无畏。它们将化为泥土，供养明年枝头的又一蓬青绿。

这世上，哪有真正的别离呢？总会化成另一样的存在。比方说，成为泥土。成为养料。成为风。成为雨。成为露。成为来年的叶子、青草和花朵。

月亮也就从东边的一排树的后面，长出来了。那些树木的后边，是河流。河流的后边，是村庄。村庄的后边，是庄稼地。我猜它是从庄稼地里长出来的。就像长棉花一样的。它就是天空中开起的一朵棉花。

我追去河边看。我如愿看到河里，也长出来一个大大的月亮。

风吹着清凉，虫鸣声响在耳畔，桂花的香气，在深处。我在有月亮的天空下。我在河边。我在时光里。有那么一刻，我感激得想哭。我为什么来到这个世上呢？我来，就是为了遇见这些美好的啊！

亲爱的，花开花落，自有定数，让逝去的安息吧。而我们，要好好守住的，是当下。比如说，天上的这一轮月。只要你肯走到屋外，只要你肯抬头，你就能赏到。比如说，那密密的桂花开了，我们可以去闻香。我们还可以摘下它来，做桂花糖藕、桂花汤圆和桂花饼吃，日子里充满它的香甜。比如说，和家人一起，守着热气腾腾的餐桌，一边吃着，一边随便聊着。他们在，你在，这便是拥有了。

时光不多，珍惜每一寸的好。让每一场遇见都不虚度，这就是活着的意义吧。

# 每一天都有春暖花开

亲爱的阿若，你好。

看完你的信我的第一反应是，你的命真好。多少人还奔波在为了一日三餐而打拼的路上，你早已衣食无忧了。这是多大的福泽和恩典，可惜你不自知。

我想起我的老祖母来。她出生于民国初年，历经战争、逃难和饥荒无数。小时我们因日日吃胡萝卜稀饭，而嘟着小嘴，一脸的不乐意。我的祖母会说，细伢呀，有饭吃就该感谢老天爷了，人要知足啊。后来，我们能吃上大米饭了，饭粒掉在桌上，亦不可惜了。我的祖母一一捡拾起那些米粒，丢到她的嘴里。她说，一粒米七碗水，糟蹋了会遭到天打雷劈的。

一粒米七碗水，我记住了她的话。她让我对万物都存有敬畏，亦让我懂得，人要惜福。因有了爱惜，生命才有了厚度和庄重。亦因有了爱惜，也才有了欢喜心。

阿若，你欠缺的，正是一颗欢喜心啊。

你会为一朵花感动吗？那一朵，开在山涧边。乱石杂草之中，它撑着一张黄艳艳的小脸蛋，笑得眉目飞扬。抑或是，开在深秋的寂寞的林中，橘红的一朵。满目的枯败之中，它是不可言说的鲜丽。不，不，也许，它就开在你日日走过的路边。一朵蒲公英，或是一朵一年蓬，那么纤弱，又有着天真的美。想想，它该是飞奔了多少里路，才从乡下跑过来的。生命是这么倔强和鲜妍，该好好爱着才是。

　　你会为一朵云而停一停脚步吗？是在清晨，天上一朵云，正长成蘑菇的模样。抑或是，午后，上班的路上，玉兰花一样的云朵，开满了天空。又或是，临近黄昏的时候，天上的一朵云，像一只白色的大鸟张开翅膀。而更多的云，像海浪，它们前呼后拥着，奔向天边去了。宇宙多浩渺啊，一想到我们也是其中的一个，真是感激！

　　你会因春风细软，心里微微一动吗？细雨点洒落在光秃秃的柳枝上，一点儿一点儿，催生出鹅黄的柳芽。一个桃红柳绿的世界，又将如画卷一样，摊开在你的跟前。大自然里，隐藏着太多神奇，怎不叫人喜欢！

　　你会因孩子的蹒跚学步，而笑着相看吗？他摇摆着小胳膊小腿，带着无限的好奇和欢喜，一一去认知这个世界。如新冒出的笋。人之初，原都是这般鲜嫩，无与伦比。莫名的感动，会胀满你的心间吗？你也曾如此鲜嫩过啊。世界因这样的鲜嫩，多出多少的柔软和美好！

　　一对老人相携着缓缓走过，他们的白发映着白发，皱纹映着皱纹。看着他们相依为命的背影，你的眼睛会温润吗？他们一生中也许未曾有过海誓山盟，可走到人生的黄昏，还能执手相牵，已胜过世上最美的誓言。

你想过分享吗？看到好的景致，吃到好的食物，读到好的书，听到好的音乐，你都想告诉他人。冬日响晴的天，突然闻到一阵蜡梅香，你的心里跳出欢喜，你很想发信息告诉远方的一个朋友，你说，蜡梅开了。走过某个街角，看到卖竹编小物什的。你就那么愣了一愣，微笑慢慢爬上你的脸，那久远的手工艺品，让你一下子回到童年去，那时的乡下，多这样的手工艺品。你想也没想，就拨通了一个人的电话，你告诉她，你看到竹编小篮子和小筐子了。因为你知道，她甚是喜欢这些传统的手工艺品。

分享，会把一个人的快乐，变成两个人的。会把一份欢喜，变成两份的，甚至三份四份的。日子因分享，会变得格外有趣和喜乐。

你会给自己奖赏吗？因顺利做完了手头的事，而奖励自己一趟短途旅行。因认真付出，有了额外所得，而奖励自己半天闲暇时光，不谈俗事，只是发呆，和时光对坐，听风听雨听鸟鸣。因慷慨地给予他人，而给自己的善良献上一朵花。因平安健康，而奖励自己去看一场电影。若，爱自己也是一种能力，特别特别超强的一种能力。只有很好地爱自己，才能更好地爱他人，爱这个世界。

我们都有流泪的能力、抱怨的能力，却渐渐丧失了爱的能力。

阿若，请学会爱吧。就从爱一朵花开始，爱她的含苞、盛开、芬芳和凋落。当花瓣零落在地上，风吹过最后的香，她会化成养料，滋养着那方土地。来年，又将有花朵明媚。这样想着，怎不叫人感激万分！

只要你肯去爱，每一天都有春暖花开。

# 你不快乐的每一天都不是你的

　　凤姑娘，我急于想跟你分享一首诗。这首诗，我刚刚读到，是葡萄牙诗人费尔南多·佩索阿的。诗名《你不快乐的每一天都不是你的》：

　　　　你不快乐的每一天都不是你的：
　　　　你只是虚度了它。无论你怎么活
　　　　只要不快乐，你就没有生活过。
　　　　夕阳倒映在水塘，假如足以令你愉悦
　　　　那么爱情，美酒，或者欢笑
　　　　便也无足轻重。
　　　　幸福的人，是他从微小的事物中
　　　　汲取到快乐，每一天都不拒绝
　　　　自然的馈赠！

我的窗外，憋了两天的雨，终于下了。一个夏天，几乎都未曾有雨。入秋快一个月了，这雨才晃晃悠悠而来。对它哪里有怨？欢喜还来不及的。久旱逢甘霖——人生"四喜"之一。我也就站到窗口去听雨，听它敲打在晾衣架上，滴滴答答，如弹六弦琴。楼下的植物，一律昂着头，饱吸着这顿雨水。像饥饿的婴儿，终寻到母亲的乳房。一个天地，因这场雨，都欢唱起来。这一天活着的意义，也便都在这场雨里了。

凤姑娘，你的生命里，也应时不时地会碰见这样的小欢喜。只是你早已放大了你的不快乐，让它们像雾霾一样的，笼罩着你的整个人生。你看不见身边的美好事了，看不见这些细微的点滴的幸福，像雨水催开了花朵。

凤姑娘，你一句"生无可恋"，真是惊着我了。人世间，有那么多可眷可恋之事啊。比如说，等待一场雨。比如说，看一场日出。比如说，夜半时，月亮像一朵水莲花似的，开在半空中。比如说，下午三四点的光景，你路过一条河边，看到太阳揉碎的影子，像小鱼一样的，在水面上跳跃。比如说，人家的墙头上，爬满了凌霄花。比如说，吃一块新烤出的面包，享受它的醇香。比如说，你遇到一个小小孩，她伏在小母亲的肩上，她看见你，像看见花儿和云朵，眼睛滴溜溜地打量着你，然后，甜蜜地笑了。比如说，一只陌生的小狗，跟着你走了很远的路。比如说，黄昏下，携手并肩而走的一对老人。还有费尔南多·佩索阿的"夕阳倒映在水塘"……凤姑娘，我们活在这些微小的美好里，它们一点一滴，化成我们的血液，饱满着我们的肌肤，你却把它们给弄丢了。正如费尔南多·佩索阿所说的："只要不快乐，你就没有生活过。"人生的最大意义，原不在别的，而在于，是否快乐。

凤姑娘，细数你的那些不快乐，也只是些小小的尘粒而已。在贫穷年代，大多数人都遇到过。就说我吧，也是从小的家贫。念初中了，还穿着母亲改制的父亲的裤子。那时的自行车，都是有前杠的，又笨又大，我个子小，每次跨上去都如登山。一次，从学校回家的路上，跨上自行车时，裤子被自行车的脚踏给挂住了，哗啦一下，撕开一个大口子。后面的一帮小男生看见，起哄地嘲笑地叫着，追着我跑了很远。到念高中时，我夹在一帮生活富裕的城里孩子里面，那自卑恰如荒草，噌噌噌直往上蹿啊。考大学时，我因两分之差，与本科失之交臂，没念成我的本科新闻系，而上了大专的师范专业。毕业分配工作时，我被分到偏僻的乡下去，放学后，满校园就剩我一个留守的。窗舍旁有池塘，风吹着芦苇，沙沙沙的，全是孤寂。

我感谢我生命中遇到的这些不快乐，它们教会我强大。教会我，即便山穷水尽了，也还有满天的星斗可以观赏。所以我成了现在的我，一个每天都能笑着走路的人，一个不虚度每一天光阴的人。

凤姑娘，人生在世，总会有这样或那样的不顺，我们要做的是，从微小的事物中，获取感受快乐的能力。把你愁苦的时间，用来发现生活中那些细微的美好，当你再看到"夕阳倒映在水塘"时，你也就能感受到发自内心的愉悦了。当你愉悦了，看世界的眼光就会有所不同，人会变得积极而努力，好运将随之而来。

诗人说，你不快乐的每一天都不是你的。诗人又说，每一天都不拒绝，自然的馈赠。世界的模样，取决于你凝视它的目光。凤姑娘，愿你能握住你的每一天。

# 学会说"不"

——梅子，有空吗？我来了几个朋友，他们想见见你。

我很想说我没空啊，因为我手头正忙。然我还是答应道，好啊。

——梅子，我有个朋友的孩子特别喜欢读你的书，你签上你的大名，给她送一本呗。

我想说，不，我手头还真没书可送。但说出口的却是，好吧，等我空了买来签送。

——梅子，下午有个座谈会，你准备一下，在会上发个言。

我心想着，什么破座谈会，无非一帮所谓文人墨客互相吹捧。但我不能这么说啊，我于是很好脾气地笑，能不能请个假？我有事呢。

那边不乐意了，说，谁没个事啊，你就别拿架子了，大家等着听你的发言呢。

哦，好的。我把不快自个儿吞了。

——梅子，晚上一起吃个饭吧，就文友圈子里的几个人，大家好些天没聚了，热闹一下呗，给我个面子啊，你可千万不要说没空啊。

好吧，退路都帮我堵住了，我还能说什么。

——梅子，明天有个集体活动。哈哈哈，你知道的，也就是玩玩喝喝啦，去吧，你不去，大家会失望的。

我说，好啊。

——梅子，你能否帮我的新书写个序？多少字你随意，以你的影响力，帮帮兄弟我好吗？

高帽子都给我戴上了，且语气如此诚恳，容不得我有丝毫犹豫，我说，好啊，荣幸之至。

——梅子，我家孩子别的学科都还好，就作文不好，你抽个空帮忙辅导一下好不？拜托亲爱的了！

可是亲爱的，我没空啊——我好想这么说，但我说不出口。我听到我很不争气很虚伪地说，好的，没问题，你把孩子送过来吧。

曾经，我是这么"好说话"的人，我怕得罪人。我怕人说我清高不合群。我怕大家都是白的，独独我做了黑的。我怕被孤立。我来者不拒，赶赴着一场又一场的"约会"，出席一场又一场的活动，揽下无数额外的活计——帮人写序、写推荐，替人摇旗呐喊，帮若干的认识不认识的小孩子改作文……赢得一个"此人很好相处"的"好名声"。我为此一次次违背自己的心愿，牺牲掉自己的健康、时间，还有好心情，我把自己弄丢了。

我到底累倒了，不得不住进医院做了一个小手术。我躺在病床上，伤口的疼痛，成了那个时候我感知这个世界的唯一。我终于明白，人首先要为自己活着。病好之后，我回绝掉一个一个的宴请和活动。我安静地待在自己的小天地里，读点儿书，写点儿字，画点儿小画，和花草们厮混。兴致来了，我还会诸事皆抛下，做只闲云野鹤去远足。我的双颊，日益红润。我的心灵，日益饱满。我自然为此得罪了不少人，让他们很不待见我，骂我清高，说我狂妄，说我脾气古怪。好吧，我就清高了，我就狂妄了，我就脾气古怪了，关卿何事？你们说我好，我不会多长一块肉。你们说我坏，我不会掉下一块肉。我不想做的事，不想见的人，我统统可以说，不！

这个世界没有因我的拒绝而发生一点儿点儿变化，花还在开，叶还在绿，月还在升，日还在落。我反倒赢得了时间，读了不少好书，写了不少好文章，看了不少好风景，活得自在又逍遥。

亲爱的，你现在的苦恼，跟我当年的如出一辙。我也不好让你放弃什么，选择什么。生活是你自己的，该走怎样的路，你应该听听心的意愿。只是啊，我想告诉亲爱的，不要被生活五花大绑，一再把自己弄丢，到时候，赔了时间，赔了精力，赔了心情，在表面的"一团和睦"里，郁郁寡欢。要适当地学会拒绝，学会说"不"。说到底，各人自饮各自的水，冷暖自知。